新 潮 文 庫

ドイル傑作集

I

ミステリー編

コナン・ドイル
延原 謙訳

目次

消えた臨急（The Lost Special）……七
甲虫採集家（The Beetle-Hunter）……三九
時計だらけの男（The Man with the Watches）……六九
漆器の箱（The Japanned Box）……九九
膚黒医師（The Black Doctor）……一二三
ユダヤの胸牌（The Jew's Breastplate）……一五五
悪夢の部屋（The Nightmare Room）……一九三
五十年後（John Huxford's Hiatus）……二〇七
解説……二四九

ドイル傑作集 I

―ミステリー編―

消えた臨急

マルセーユで死刑の宣告をうけ、いま待機しているエルベール・ド・レルナクの告白書は、今世紀最大の不可解なる事件の一つ――いずれの国の犯罪記録にもぜったいに先例はないものと信じるが――に光明を投ずるものであった。当局は現在もこの問題について論評するのを好まず、新聞にもほとんど何も知らさないできたけれど、それでもこの極悪人のいうところは、諸種の事実によって確認され、このはなはだ驚くべき問題もついに解明されたと思われるのである。何しろ事件は八年前のことでもあり、当時存在した政治上の危機のため、世間の耳目が専《もっぱ》らそのほうへ集中していたので、事件は多少ぼやかされた感があるから、今日《こんにち》までに突きとめられた限りの事実を、改ためてここに述べるのもむだではなかろうと思う。これは当時のリヴァプールの新聞紙や、機関士ジョン・スレーターの審理調書から取材したもので、なおロンドン・エンド・ウエスト・コースト鉄道会社から懇切にも借覧を許された記録をも参考に供した。大要はつぎの通りである。——

一八九〇年六月三日、ムシュー・ルイ・カラタルと名のる紳士が、ロンドン・エンド・ウエスト・コースト鉄道会社のリヴァプール中央駅長ジェームズ・ブランド氏に面会を求めた。このカラタルというのは、小柄な中年の色のくろい男で、背骨が奇型なのではないかと思われるほど背なかが曲っていた。堂々たる体格の同伴者が一人あって、その態度の卑下《ひげ》していること、たえず油断のないことなどから、その立場は一種の従属者であると知れた。友だちだか仲間だか知らないけれどこの人物は、名まえもわかってはいないが、地肌《じはだ》の色のくろいところからみて、たしかにイギリス人ではなく、たぶんスペインか南米の人であったろう。彼には一つの変わったところがみられた。左手に小さな黒革製《くろかわせい》の書類箱をもっているのだが、それが革紐《かわひも》で手首にしっかり結《むす》びつけてあるのを、慧眼《けいがん》の駅員が見てとった。その当時はこのことを重視するものはなかったけれど、その後の成行から重大な意味をもつことがわかってきた。それはさておき、カラタル氏はブランド駅長の部屋へ通され、つれの男は室外に残されて待っていた。

カラタル氏は用件をすぐ切りだした。その日の午後中央アメリカから到着したばかりだが、緊急の用件でパリへゆく必要がある。じつに一刻を争う場合なのに、ロンドン行急行に乗りおくれてしまったから、ぜひ臨時列車を出してほしい。金など問題ではない。問題は時間のみにある。だから会社がこちらの要求に応じてさえくれれば、その他のことは一切会社のいうなりになるというのである。

ブランド駅長はベルを鳴らして運転係長のポッター・フッド氏を呼び、事情を話して五分後には手筈《てはず》をととのえた。列車は四十五分後に発車できることになったのだ。線路をあけるために、それだけの時間が必要だった。ロックデール号という強力な機関車（会社では二四七号と登録されている）に二輛《りょう》の客車を連結し、最後部に車掌用の有蓋車《ゆうがいしゃ》をつけた。前部の一輛は動揺からくる不快を軽減する目的のみのため連結されたものである。二輛目は通例のとおり四室に分割されていた。一等室と一等喫煙室、二等室と二等喫煙室である。一等室、すなわち機関室に最も近い一室が二人の客に提供された。あとの三室はがらあきである。車掌には会社で数年の経験をもつジェームズ・マクファースンが乗りくんだ。火夫のウイリアム・スミスは新米の男だった。

カラタル氏は駅長室を出て、つれの男と一緒になったが、二人とも出発が待ちどおしくてならない様子だった。規程に従って一マイル五シリングの割りで合計五十ポンド五シリングの臨時列車料を支払うと、二人は客室へ案内を求め、線路がふさがっているため、発車までにはまだ小一時間待たねばならないのに、すぐ乗りこんで席についてしまった。そうこうするうち、カラタル氏の立去ったばかりの駅長室では、似たような妙なことが起こった。

富裕な実業界の人から、臨時列車の注文をうけるのは、そう珍らしいことでもないのだが、同日の午後に二つの注文がかちあうのは、異例のことだった。ところがこの日はどうしたことか、ブランド駅長がカラタルという最初の客の要求を処理したばかりのところへ、第二の客が同じような話をもちこんできた。これはホレス・ムーアという軍人風の男で、ロンドンにいる妻が急病で重態だから、どうあっても一刻を争って帰らなければならぬというのである。その苦悩と懸念《けねん》の様《さま》が黙視するに忍びないほどなので、ブランド駅長は要望に添うべく百方手をつくした。第二の臨急を出すなど問題にならなかった。第一のためにさえ地区のダイヤがすでに多少狂っているのだ。しかしカラタル氏がもし同室することに異議があるとしても、ムーア氏がカラタル列車の費用の半分を負担して、あいている一等室を利用するという代案もなくはない。それならば双方異議なく話はつくものと思ったのに、ポッター・フッド氏を通じて意向をきいてみると、それはぜったいに困るとカラタル氏は言下に拒絶した。これは自分の列車である、他人の便乗はあくまで断るというのである。言葉をつくして説得してみたけれど、当のカラタル氏が頑《がん》として応じないので、この案は断念するしかなかった。それで六時発の鈍行の普通列車でゆくしかないと知って、ホレス・ムーア氏はすごすごひき退《さが》っていった。駅の時計で四時三十一分きっかりに、からだの不自由なカラタル氏は、仲間の巨大漢をつれて、リヴァプール駅を発車していった。邪魔ものは一つもないから、マンチェスター市までは途中無停車のはずであった。

ロンドン・エンド・ウエスト・コースト鉄道の列車は、マンチェスター市までは他社の線路上を走るわけだが、この臨時急行は六時まえには同市へ着くはずであった。ところが六時十五分になってマンチェスター駅から、臨急がまだ着かないという電報がきたので、リヴァプール駅は少なからぬ驚愕《きょうがく》と若干の狼狽《ろうばい》にみまわれた。それで両駅間の三分の一の地点にあるセント・ヘレンズ駅に照会してみると、つぎのような返電がきた。

「リヴァプール中央駅長ジェームズ・ブランド殿、臨急ハ四時五十二分当駅ヲ通過シタリ、セント・ヘレンズ駅長ダウザー」

この電報のついたのが六時四十分だった。六時五十分には第二の入電がマンチェスターからあった。

「ゴ照会ノ臨急イマダ到着セズ」

それから十分後に、もっと困る第三報がはいった。

「ゴ照会ノ臨急ハ運行ニ間違アリシモノト思考サル。臨急ノアトカラセント・ヘレンズ駅発ノ区間普通列車タダイマ到着、途中何ラノ異状ヲ見ズトイエリ。イカガスベキヤ――マンチェスター駅」

この最後の電報は、ある点ではリヴァプール駅に安堵《あんど》を与えたものの、問題は驚くべき様相を呈してきた。もし臨急に何かあったとすれば、同じ路線を走行した区間普通列車が何も見ない筈はあるまい。それを区間列車は何も見ていないのだ。臨急はどこにいるのだろう？　何かの理由で鈍行列車をやりすごすため、待避線《たいひせん》にでもはいっているのだろうか？　何かちょっとした修理でも加える必要がおこったとすれば、そういう説明も成立しなくはない。そこでセント・ヘレンズ駅とマンチェスター駅間の各駅に照会電報を発し、リヴァプール駅長と運転係長とは電信機につききりで、行方不明になった臨急の消息がわかるかと、極度の不安のうちにひたすら返電のくるのを待った。やがて返電は手近のコリンズ・グリーン駅をはじめに、順を追ってはいってきた。

「臨急ハ五時当駅ヲ通過セリ――コリンズ・グリーン駅」

「臨急ハ五時六分当駅ヲ通過セリ――アールスタウン駅」

「臨急ハ五時十分当駅ヲ通過セリ――ニュートン駅」

「臨急ハ五時二十分当駅ヲ通過セリ――ケニョン分岐駅」

「臨急ハ当駅ヲ通過セズ――バートン・モス駅」

二人の駅幹部は驚いて顔を見あわせた。

「三十年の鉄道生活にもこんな経験は初めてだね」ブランド駅長は舌をまいた。

「ぜったいに先例のない不可思議ですよ。臨急はケニョン分岐駅とバートン・モス駅の中間でどうかなったのですね」

「だってあの間には待避線はなかった筈だぜ。臨急は脱線したのに違いない」

「しかしあとから行った四時五十分の三等割引列車が気づかずに通過したのは、どうしてなのでしょう？」

「でもそうとしか考えられないね、フッド君。脱線したに違いないよ。区間列車がおそらく何か役にたつことを見ているかもしれない。マンチェスター駅に詳報を求めようじゃないか。そしてケニョン分岐駅にたのんで、すぐにバートン・モス駅までの線路を調べてもらおう」

マンチェスター駅からの報告はしばらくして来た。

「行方不明ノ臨急ニツイテハ新事実ナシ。鈍行列車の機関士モ車掌モ、ケニョン分岐駅トバートン・モス駅間ニテ何ラノ事故ヲ見ズト確言セリ。線路ソノ他ニハ何ラ異状ナシ――マンチェスター駅」

「機関士も車掌も先を急いでいたろうからね」ブランド氏は烈《はげ》しくいった。「脱線した残骸《ざんがい》のあるのに、気づかないで通りすぎたのだ。臨急は脱線のとき線路を損傷しなかったものに違いない——どうしてそんなことになったものかわからないがね——とにかくそれに違いない。いまにケニョンかバートン・モスから、臨急列車は土手の下に落ちていたと知らせてくるだろう」

しかしブランド氏のこの予言は的中しない運命になっていた。三十分たつとケニョン分岐駅から、つぎのような報告が届いたのである。

「行方不明ノ臨急ノ手掛リサラニナシ。当駅ヲ通過シタルハ確実ナルモ、バートン・モス駅ニハ到着セズ。貨物列車ノ機関車ヲ切リハナシ、余ミズカラ便乗シテ線路ラ検分シタルモ、スベテ異状ナク、事故ヲ思ワス痕跡《コンセキ》ヲ発見セズ」

ブランド氏は当惑して頭髪《とうはつ》をかきむしり、

「まるで狂気の沙汰《さた》だよ、フッド君!」と叫んだ。「このイギリスでは、白昼だというのに、列車がそっくり消えてなくなるのか? あんまり話が途方もなさすぎる。機関車に炭水車、客車が二輛に有蓋貨車が一輛、それに人間を五人も乗せたまま、カーヴ一つない線路上で忽然《こつぜん》と消えてしまうとは! 今から一時間以内に何とか確報がなかったら、僕はコリンズ検査官を引張りだして、自身で検分にいってみるよ」

するとそこへ〝何とか確報〟がはいってきた。それはケニョン分岐駅からの電報という形ではいってきたのである。

「当駅ヨリ二マイル四分ノ一ノ地点ニアルハリエニシダノ叢林中《ソウリンチュウ》ニテ臨急ノ機関士、ジョン・スレーターノ死体ヲ発見セルハ遺憾ナリ。機関車ヨリ転落シ、土手ヲコロガリテ叢林中ニ入レルモノ、転落ノ際頭部ヲ強打シタルガ死因ナルベシ。付近ヲ詳細ニ捜査中ナルモ、列車ハ未《イマ》ダ発見スルニ至ラズ」

前述の通り、国内はちょうど政治上の危機に面して混乱しており、世間の注視は専らパリにおける重大にして煽情的《せんじようてき》な新事実に向けられていた。当時パリには政府をも覆滅し、国内の主導者の多くの信望を地に堕《おと》すほどの大きなスキャンダルが存在したのだった。新聞紙上はそれらの記事で満ちており、何事もない平穏な時であれば、世間の耳目を聳動《しようどう》せしめたであろうに、この臨急の不可思議きわまる消失問題は、あまり注意をひかなかった。問題の性質がバカバカしく異様なので、新聞紙も報道をそのままに信ずることを渋り、ために その重要性を損じた嫌いがあった。事実ロンドンの新聞で、この報道をもって、巧妙に仕組まれた一種の欺瞞《ぎまん》となして、うけつけなかったのも一紙に止《とど》まらなかった。しかし死んだ機関士の検屍《けんし》審問の結果が発表されるに及んで（それは何ら重要な発見はもたらさなかったが）ようやく事件の性質を信ずるに至ったのである。

会社専属のコリンズ検査官を伴なって、同夜ケニョン分岐駅に出張したブランド氏は、翌日いっぱい調査を続けたけれど、結果はまったく否定的であった。臨急列車はどうなったのか、痕跡さえ発見できなかったばかりか、それがどうなったかを臆測《おくそく》すべき手掛り一つも得られなかったのである。あまつさえ、コリンズ検査官の公式の報告（それはこれを書いているいま眼前にひろげてあるが）がまた、思いもよらないほどいろんな場合が考えられることを示すにすぎなかった。その報告書に曰《いわ》く、

「コノ二地点間ノ区域ニハ製鉄所、炭坑ガ散在シ、ソノウチ一部ハ現ニ稼働《カドウ》シアルモ、一、二ハ廃棄サレタルモアリ。コレラヘノ引込線ノウチ、狭軌《キョウキ》線路ニテトロッコヲ用イテ本線ニ接続スルモノ十二以上アレド、勿論《モチロン》、コレラハ考慮ノ必要ナシ。シカレドモコレラノ外ニ、出貨炭ヲ坑口ヨリ本線ヲ通ジテ集積所ニ送ルベク本線ト接続セル、マタハシアリタル路線ハ七本ヲ数ウ。イズレモ長サワズカ数マイルノモノニシテ、ソノ内四本ハスデニ採掘シックシタル、マタハ少ナクトモ現在稼働セザル炭坑ノモノニシテ、ソノ名ヲアグレバ『レッドゴーントリット』『ヒーロー』『デスホンドのスラウ』『ハーツイーズ』ノ四坑ナリ。コノウチ最後ニアゲタルハ、十

年前マデハランカシャー地方ニオケル主要炭坑ノ一ヲナセルモノナリトス。コレラ四線ハ本調査ヨリ除外シテ差支《サシツカエ》ナカラン。コレラハ万一ノ事故ヲ慮《オモンパカ》リ、本線ニ接続スル付近ノ線路ヲ除去シアレバナリ。残ルハ次ノ三線ノミ――

A　カーンストック製鉄所線

B　ビッグ・ベン炭坑線

C　パーシヴァランス炭坑線

コレラノウチビッグ・ベン引込線ハ距離四分ノ一マイル以下ニシテ、坑口ニ近キ石炭ノ一時集積所アトノ盲壁ニテ終レリ。コノ引込線付近ニテ何ラノ異状ヲ発見セズ。マタカーンストック製鉄所引込線ニハ六月三日当日ハ赤鉄鉱ヲ積メル貨車十六輛アリテ、線路ハ終日占拠セラレアリタリ。コノ引込線ハ単線ナレバ、ナニモノヲモ通過セシムルコトナカリシナリ。マタパーシヴァランスハ長キ広軌ノ複線ニシテ出炭量多キタメ交通ハ頻繁ナルモ、問題ノ六月三日ハ引込線ハ通例ドオリ使用サレ、二マイル四分ノ一ノ全線路上ニハ一群ノ線路工夫ヲ含ム数百ノ労務者ガ散在シアリタレバ、コレラノ人ノ注意ヲヒクコトナク不時ノ列車ガ通過スルコトハ考慮ノ余地ナカラン。要スルニコノ引込線ハ、機関士ノ死体ノ発見サレタル地点ヨリモセント・ヘレンズ駅寄リニアルナレバ、臨急列車ハ災害ノ発生前ニコノ地点ヲ通過セルモノト信ズベキナラン。機関士ジョン・スレーターニ関シテハ、ソノ外見ナイシハ傷害ノ情況ヨリハ何ラノ手掛リヲ発見セズ。現在ノ所見ニヨレバ、ソノ死因ハ機関車ヨリ転落セルニアリトイイ得ルノミニシテ、何ガタメニ転落セルモノナリヤ、マタ彼ノ落チタル機関車ハ如何《イカ》ニナリシヤ、等ニツキテハ何ラノ所見ヲ述ブル資格ナシトイウノ他ナキナリ」

結論として検査官は、ロンドンの諸新聞の彼に対する無能よばわりに刺戟《しげき》されて、会社に辞表をさし出した。

警察も会社も懸命の真相調査にあたるが、いささかの効果もあげ得ないがままに、早くも一カ月を経過した。そのあいだ報奨金も提示されたし、何者かの犯行だったとしても自首すれば刑を免ずるとの告示もしてみたが、いずれも手応《てごた》えはなかった。くる朝もくる朝も、今日こそはあの異様な事件も解決されたろうという期待で新聞をひろげるのだが、その期待も裏ぎられてばかり。かくして一週また一週と、解決の曙光《しょこう》さえ見えずに過ぎさった。イングランド中でも最も人口稠密《ちゅうみつ》な地方において、数人の人をのせたままの一つの列車がそっくり、六月の午後、それも白昼、精妙な化学者の手によって、まるで気化されでもしたように、忽然《こつぜん》と姿を消してしまったのである。

まったくのところ、新聞に発表された幾つかの投書のなかには、超自然の力、少なくとも不可解な力の作用だと、まじめになって論断するものもあった。また、あの不具めいたカラタル氏は、著名なる本名で知られた者の変名であったのだと主張するものもあった。なかには、いや、あの色のくろい相棒こそは、この事件の立役者なのだという説をなすものもあった。だがいずれにせよ、それでは彼がどういうことをしたのかという段になると、一人として明瞭《めいりよう》に説明できる者はなかったのである。

諸種の新聞に現われた推理や個人的なもののうちで、一、二のものは世間の注目をひくほどの可能性を含んでいた。その一つ、ロンドン・タイムズに出たのは、当時有名だった町の推理家の署名のあるもので、批判的な、半ば科学的な態度で論じてあった。興味のある人は同年七月三日のタイムズを読まれるとよいが、ここには抜粋でこと足りよう。その論旨はつぎの通りである。

「不可能なる部分を除去すれば残余は、たとえそれが如何に荒唐無稽《こうとうむけい》に見えようとも、そのなかにこそ真相があるのだ――というのは実証的推理における初歩的原理の一つである。こんどの事件で、あの臨急列車がケニョン分岐駅を通過したのは確実である。それがバートン・モス駅に到着しなかったのも事実である。では列車はどうなったか？　二駅間にある七本の引込線のどれかへ入っていったのではないかというのは、本来はありそうもないことだけれど、可能性としては考えられなくはない。列車が線路のないところは走れないのは申すまでもない。だからありそうもないことだけれど、問題を三つの引込線、すなわちカーンストック製鉄所線と、ビッグ・ベン線とパーシヴァランス線に絞《しぼ》ってもよかろう。あるいは炭坑夫たちのあいだにカモラ党（訳注　一八二〇年頃ナポリに起った秘密結社）のようなものでも存在して、それがお客もろとも列車を覆滅し得たのであろうか？　そんなことは考えられぬというかもしれないが、決して不可能ではない。筆者はそうとよりほか説明のつかぬのを遺憾《いかん》とする。従って会社は全力をあげてこれら三線およびそこに働く労働者たちを調査されんことを慫慂《しょうよう》するものである。また地区付近の質屋を綿密に検索すれば、光明をもたらすべき何らかの事実を発見し得るかと考察するものである」

このような問題には定評ある権威者の発言なので、この説は多大の興味をもって世間に迎えられる一方、実直にして功績ある人たちに謂《いわ》れなき中傷を加うるものとなし、烈しく反対を称《とな》えるものもあった。この反対論に対する唯一《ゆいいつ》の駁論《ばくろん》は、ではより可能性ある説明を提示せよというにあった。それに対して直ちに二通の投書が寄せられた。

（タイムズ紙七月七日および九日付）その一は、列車は脱線して、数百ヤードを鉄道線路と平行に流れているランカシャー—スタッフォードシャー運河に突込んで、そこに水没しているのではあるまいかというのだった。しかしこの説は、発表された運河の深さが、このような大容積のものを呑《の》むに足りないので、問題にならなかった。第二の投書はあの二人の旅行者の持っていた唯一の荷物であるらしい鞄《かばん》に注意を促《うなが》し、なにか超強度の粉砕力ある新爆薬が中に入っていたのではあるまいかというのだった。しかし列車ぜんたいを粉微塵《こなみじん》にして飛散させたほどなのに、それでも線路がなんの損害もなく厳存しているというのは、あまりにバカらしく、このような推理はお笑いぐさにすぎない。かくして調査が救いがたい行きづまりに突当っているとき、まったく予想外の新事態が突発したのである。

というのは他でもない、消えた臨急列車の車掌だったジェームズ・マクファースンから細君に宛《あ》てた手紙がまいこんだのである。一八九〇年七月五日付、ニューヨークの消印があるもので、同月十四日に配達された。偽《にせ》手紙ではないかと多少の疑いをもったものもあったけれど、細君のマクファースン夫人は良人《おっと》の筆跡にまちがいないと断言したし、五ドル紙幣ばかりで百ドル封入してあった事実も、欺瞞《ぎまん》説を覆《くつがえ》すに十分だった。手紙には差出人の住所は書いてなかったが、内容はつぎのようなものであった。

愛するわが妻よ――

さんざん考えあぐねたが、やっぱりお前を捨てさることはできない。リジーのことも同様だ。なんとかして忘れさろうと努力したけれど、どうしても駄目だ。お金を少し送る。これだけあればイギリスの金で二十ポンドにはなると思う。二十ポンドあればリジーとお前が大西洋を渡る船賃には十分だろう。サザンプトンからハンブルグ社の船に乗りなさい。そのほうが船も上等だし、リヴァプールから出る船よりも安い。こっちへ着いたらジョンストン・ハウスに泊っていれば、手紙なり使いなりで、どうして私に会うか方法を知らせる。いまは私も諸事困難であり、お前たちが忘れられなくて、日々怏々《おうおう》としているから、まずは要件のみ。

お前の愛する良人

ジェームズ・マクファースン

一時は、この手紙の来た当座は、これで何もかも明瞭になるものと大いに期待された。それにこの時には、行方不明の車掌とおぼしい人相の人物がサマーズの名でサザンプトンから、六月七日出帆のハンブルグ―ニューヨーク航路のヴィステュラ号に乗船したと確認されたので、ますます有望ということになった。マクファースン夫人と妹のリジー・ドルトンは指定どおりニューヨークへ渡り、ジョンストン・ハウスに三週間逗留《とうりゅう》したけれど、失踪《しっそう》の車掌からは何の音沙汰《おとさた》もなかった。それはおそらく新聞に出た二、三の無分別な記事が、警察が二人を囮《おとり》に使っているという疑念を起させたためであろう。これは一つの推定にすぎないけれど、とにかく彼が手紙もよこさなければ、訪ねても来ないのは事実であり、二人は止《や》むなくリヴァプールへ帰ってくるしかなかった。

そういう次第で、事件は一八九八年の今日《こんにち》まで、未解決の状態のままなのである。ちょっと信じられないというかもしれないが、カラタル氏と同伴者を乗せたまま、この臨時急行列車は、奇《く》しくもどこかへ消え失《う》せたまま、まったく消息をたっているのである。二人の乗客の前歴を綿密に調べた結果、カラタル氏が中央アメリカの名だたる金融業者で、政界にも知名の人物であり、ヨーロッパへの船中で、パリゆきをひどく急いで焦慮《しょうりょ》していたということがわかった。同伴者は、船客名簿にはエドゥアルト・ゴメスとなっていた。前歴をみると狂暴なものだったけれど、評判を聞いてもよほど荒っぽい壮士だったようだ。しかし、カラタル氏のためには忠実に仕《つか》えていたと思われる形跡があるから、からだの悪いカラタル氏が用心棒に雇っていたのだろう。

なお、カラタル氏が何の目的であんなに旅を急いでいたのかという点については、パリからは何の情報も得られなかった。以上が、ボンヴァロなる商人を殺した廉《かど》により死刑を宣告されたエルベール・ド・レルナクの告白が最近マルセーユの新聞に発表されるまでの、この事件でわかっていることの全部である。この告白は訳すると次のようなものである。

「私がこんなことを明《あか》すのは、単なる虚栄や法螺《ほら》では決してない。そんなことが目的なら、まだまだすばらしい行動は一ダースも手がけているのだ。私の目的とするところは、待ち望んでいる執行猶予《ゆうよ》令が早急に来ないようならば、ここにいてカラタル氏がどうなったかを細大もらさず語りうる自分として、それが誰の利益のため、また何人《びと》の求めに応じてなされたのであるかをも、いまパリにいるある紳士諸君は知らされるであろうことを告げるにある。諸君、今のうちですぞ！　エルベール・ド・レルナクがどんな人物であるか、また一度口外したら必ず実行する男であるのも、諸君はよくご承知だ。機を失すれば臍《ほぞ》をかむのみ！

私は何者の名まえもここには挙げまい。――名を聞いただけで、諸君は腰をぬかすのだ！　しかしここではただ、私が如何に巧みにその仕事をやってのけたかだけを語ることにしよう。当時私は雇傭者《こようしゃ》に忠誠をつくした。だから今度は彼らも私に誠実であってよい筈《はず》だ。そういう気持でいるのだから、彼らが私を裏ぎったことの判然《はっきり》するまでは、わかれば全ヨーロッパを震撼《しんかん》するに違いないこの名まえも、伏せておくことにしよう。しかし万一……いや、それについてはもう何もいうまい。

一言にしていえば、一八九〇年に、政界、財界を通じての恐るべきスキャンダルに関連して、有名な裁判がパリにおいて行なわれた。そのスキャンダルが如何に怖《おそ》るべきものであったかは、私のような秘密の手先であったものでなければわからない。フランスにおける要路の人物たちの前途が累卵《るいらん》の危《あや》うきにあったのだ。諸君はボーリングのピンがきちんとまっ直《すぐ》に並んでいるのを見たことがあろう。そこへ大きなボールが遠くからころがってくると、コツ、コツ、コツとたちまち九本の丸いピンは倒されてしまうのだ。フランスでこれぞという人が幾人か、このピンのように倒れてしまい、カラタル氏がこの遠くからころがってくるボールだと想像してみたまえ。もし彼を来させたら、みんなコツ、コツ、コツと倒れてしまう。そこで彼を来させてはならないと決定したのだ。

彼ら全部のものが、どんなことになるか知っていたとはいわない。前にもいったように、政界も財界もあげて危機に立っていたので、事を処理するため一種の組合がつくられた。なかには目的がどこにあるのか知らずに、この組合に加盟《かめい》したものもある。しかし多くはよく心得てもいたし、私としても未だに彼らの名を忘れられないくらいそれぞれ功績のあったものだった。彼らはカラタル氏が南米を出発するずっと前から、そのことはさんざん聞かされていた。彼らはまた、カラタル氏の握っている証拠によって、自分たちが破滅のうき目をみるであろうことも承知していた。組合は無制限に――誇大《こだい》でなく、ほんとに無限の金を持っていた。そこで彼らはこの巨大な金力を駆使し得る手先をさがし求めた。その選ばれたる男は、工夫に富み、果断で、変通自在でなければならなかった。百万人に一人という人選であった。選ばれたのがエルベール・ド・レルナクだった。この選定は正しかった。

私の任務は部下を選び、ふんだんな金の力によって、カラタル氏を決してパリへ入らせないことにあった。指令をうけて一時間以内に、私は持前の気力をもって活動を開始した。このとき私の採った方策は、これ以上は考えられまいというほど、目的遂行のため最上のものであった。

信頼のおける部下を一人、直ちに南米へ派遣して、カラタル氏と行をともにさせることにした。その男が間にあってさえいれば、乗船は決してリヴァプールへ入港しないことになっていたのだ。だが残念にも、彼が着いてみたら、船は出帆したあとだった。航行を阻止するためには、武装した二檣《にしょう》帆船の小さいのを一艘《そう》用意していたのだが、計画は齟齬《そご》してしまった。しかし、私くらいの大きな仕事師は誰でもそうであるように、失敗にはあらかじめ備えてあった。手段はいくつもあり、そのうちのどれかが必ず成功するのだ。私の仕事の困難さを軽視してはならない。また、暗殺してしまえばよいではないかなどと、無造作に考えないでほしい。目的は単にカラタル氏を亡《な》きものにするばかりではなく、彼の持っている書類や、もしその秘密を聞き知っているとする理由があれば、彼の仲間をも葬《ほうむ》ってしまわなければならないのである。しかも彼らは油断がなく、厳重に警戒しているのだ。だからこの仕事はどの点から見ても、私にふさわしいことになる。たいていの男が二の足をふむところを、私ならいつでも敢然とあたってきたのだ。

私はリヴァプールにいて、カラタル氏を迎える準備を万般ととのえた。それにカラタル氏は、いったんロンドンへ入ったら、警固をかためる手配をしているものと信ずべき理由があったから、私はいっそう緊張した。何らかの手を打つとすれば、彼がリヴァプールの埠頭《ふとう》に降りたった瞬間から、ロンドン・エンド・ウエスト・コースト線の鉄道でロンドン終着駅に着くまでの間に、行なわれなければならない。まず私たちは六通りの計画を準備した。いずれの一つをとってみても、入念精巧ならぬはない。

そのうちどの計画を実施するかは、彼自身の行動の如何《いかん》による。どうにでも行動するがよい。それによってこっちには術《て》があるのだ。リヴァプールに逗留《とうりゆう》するというのか？　こっちにはその準備がある。またもし普通列車、急行、あるいは臨時急行のいずれに乗ろうとも、手筈《てはず》は整っている。あらゆる場合を予想して、それぞれ手を打ってあるのだ。

えらそうにいっても、お前一人で何もかもやれるものではなかろうといわれるだろう。フランス人の身でイギリスの鉄道のなにを知っているというのか？　金さえ出せば、喜んで手先をつとめる者のあるのは、世界中どこへ行っても同じだ。私はまもなく英国中でも頭の鋭い助手を見つけた。ここにその名まえを明すのは控えておくが、だからといって、何でもかでも私一人でやってのけたような顔をしては当《とう》を欠くものだろう。このイギリス人の味方は、まことに頼もしい人物だった。ロンドン・エンド・ウエスト・コースト線のことは何でも知っていたし、配下には賢こくて信頼のできる多くの部下を擁《よう》していた。計画はもともと彼の立案したものであり、私はほんの細部を決裁したにすぎない。まず若干《じやつかん》の職員を買収した。その中で最も重要なのは、臨急に乗務を命ぜられることまず確実と見られるジェームズ・マクファースンであった。火夫のスミスも抱きこんだ。機関士のジョン・スレーターにも手をのばしてみたが、これは頑固《がんこ》で、寄りつきにくい人物なので、買収は断念した。カラタル氏が臨時急行を出させるかどうかわからないけれど、出しそうには思われた。パリゆきは彼にとって一刻を争う問題だからである。だからその点に鑑《かんが》みて、こっちは特別の手をうった。しかもこの特別の手というのは、カラタル氏の乗船がイギリス海岸を視界に望むはるか前に、細部にいたるまで遺漏なく手筈が整っていたのである。乗船を埠頭に繋留《けいりゆう》するため誘導に出た水先案内船にすら、私の手先が乗りこんでいたと知っては、諸君も唖然《あぜん》たるものがあろう。

リヴァプールに一歩を印した瞬間から、カラタル氏は危険をおそれて、警戒をはじめたことがわかった。用心棒にゴメスという物騒な人物を同伴しており、凶器まで持たせていた。いざとなったら、いつでも使う気でいるのだ。この男はまた、カラタル氏の秘密文書を携帯しており、何かの時はこの書類なり主人なりを防衛する体勢にあった。だからカラタル氏がこの男に秘密を明してある可能性もあり、カラタル氏だけ葬っても、この男を除去しなかったら、せっかくの努力も水泡に帰する危険は十分にあった。二人は運命をともにすべきであり、そのためには彼らが臨時急行を申しいれたことが、こっちにとっては思う壺《つぼ》であった。臨急列車は、おわかりのように三人の会社がわ乗務員のうち二人は、一生を楽に暮せるほどの金で買収してあった。イギリス人は他の国民に比して廉直《れんちょく》だというものもあるが、そこまではいえまい。とにかく買収されるにしても安くはないのがわかった。

イギリス人の手下を使ったことは前にいったが、この男は首に縄《なわ》でもかかって早死しないかぎり、将来大ものになるような人物であった。リヴァプールでの手配はすべてこの男の責任で、私はケニョンの宿屋にいて実行の暗号通信のくるのを待っていた。いよいよ臨急が準備されたと知ると、彼は油断なくすべての手配をするようにと電報で知らせてきた。一方彼はホレス・ムーアという名を使って、即座に第二の臨急列車を出してくれと申しこんだ。これはカラタル氏の列車に同乗させてもらうのが目的で、そうすれば時と場合によってはこっちの計画に利することもあろうと考えたからだった。たとえば、万一こっちの名案が失敗しでもした場合には、彼が二人を射殺し書類を破棄することもできる訳だ。しかしカラタル氏も警戒はしているのだから、同乗客は拒絶した。それで彼はいったん引下ったが、ほかの入口から駅の構内へ入ってくると、プラットホームの反対がわから車掌室へもぐりこんで、マクファースン車掌と行をともにした。

一方、そのあいだ私がどう行動したか、諸君には興味があろう。準備万端は数日まえに完成していた。あとは仕上げの一刷毛《はけ》を加えるばかりであった。われわれの選定した引込線は、以前はもちろん本線に接続していたのだが、今は切りはなされている。だから数本のレールで繋《つな》ぎさえすればよいのだ。この繋ぎレールは、人目につかぬあたりまでは、すでに敷きおわっていて、あとは本線との接続を完成し、ポイントをもと通り設けるだけであった。枕木《まくらぎ》は以前のがそっくり残っていたし、レールや接《つ》ぎ目板、鋲《びょう》などの準備もぬかりはなかった。これらは廃棄された側線からとり外してきたものである。少数ながら有能な工夫の手で、臨急のくるずっと前に、準備は万端整った。臨急は実際にやってくると、ポイントの動揺もきわめて軽微に、二人の乗客も気のつかないほどやすやすと、引込線に滑りこんでいった。

計画では、火夫のスミスが機関士ジョン・スレーターをクロロホルムで眠らせ、二人の客とともに葬ってしまう筈《はず》だった。ところがこの点では――この点だけは計画が破綻《はたん》した。ただしマクファースンが愚かにも細君に手紙を出したりした件はべつとして。火夫のやつ間抜だから、格闘中にスレーターを機関車から落してしまったのだ。それでもスレーターが墜落の拍子に頸骨《けいこつ》を折るというこっちの幸運もありはしたが、もしそうでもなかったら必ず無言の称讃《しょうさん》のうちに観照された筈の完全な傑作に、一大汚点を印するものであった。なお、その道に明るい者なら、ジョン・スレーターはあっぱれなわれらの団結における一つの弱点であったというであろう。私ごとき多くの勝利をもたらし得たものにして初めて公言し得ることだが、だから私はジョン・スレーターを目して弱点だったと声明するものである。

さて、臨急列車を長さ二キロ、正確にいえば一マイルちょっとの短い引込線に滑りこませることには成功した。ここは、いまでこそ廃棄されているが、一時はイギリス屈指の大炭山だったハーツイーズ坑への引込線だったところだ。そんな廃線を列車が走っているのを、誰も見ていないのはどうしたものだといわれるだろう。それにはこの引込線が全長にわたって、深い切通しの底を走っているから、切通しの崖《がけ》っ縁《ぷち》に立たないかぎり、列車なぞ見えやしないのだと答えよう。その崖っ縁にはその時立っているものがあった。それはかくいう私だ。以下私のしたしく見たところを語ろう。

私は引込線の分岐する地点に、ポイントを管理させるため、一人の手下を配置しておいた。この男には別に四人の武装した警戒員がつけてあった。それは万一臨急列車が引込線に入らずに脱線でもした場合に——ポイントは錆《さ》びていたから、ありえない事でもない——備えたものであった。しかし列車がうまく引込線に入ったのを認めると、手下は身を引いて、責任は私に移った。私はそのとき切通しのうえの、坑口の見える地点に立っていた。ひきつれた二人の手下と同じに、私も武装していた。どんなことになるにしても、私が準備万端ととのえていたのがこれでおわかりになろう。

　列車が引込線に入ってしばらくすると、火夫のスミスはいったん速力をおとしてから、エンジンが全速になる位置にレバーを引いておいて、マクファースンとイギリス人の予備員を促がして、急いで飛びおりた。しかしこの列車の速力をゆるめたのが、二人の男におやと思わせたのだろうか？　それもすぐ速力があがっていったので、窓をあけて見るには思い至らなかった。あのとき彼らが心中如何《いか》に狼狽《ろうばい》したかを考えるとき、私はいつでも微笑を禁じ得ないのだ。きらびやかな車室の窓からそとを覗《のぞ》いて、自分たちの列車が、久しく使わないため腐蝕《ふしょく》して赤錆《あかさび》の出ている線路上を走っているのを発見したときの、彼らの気持を想像してみたまえ。その不吉な線路を走って、ゆきつく先はロンドンどころかマンチェスターですらなく、「死」であるのを知ったときのぎょっとする気持はどうだろう？　しかし列車はそんなことにお構いなく、腐蝕した線路のうえを、上下左右に動揺しながら、錆びついた鉄路の表面に怖るべき悲鳴をあげて、驀進《ばくしん》をつづける。私はすぐ近くに立っていたから、彼らの顔がはっきり見えた。カラタル氏は祈りを捧《ささ》げていたようだ。数珠《じゅず》のようなものが手からこぼれていたと思う。つれの男は屠場《とじょう》で血の匂《にお》いを嗅《か》いだ牡牛《おうし》のように、咆哮《ほうこう》していた。そして土手のうえに立っている私たちを見て、狂人のように手で合図《あいず》をした。それから手首につけていた書類箱をむしりとって、窓ごしにこっちへ投げつけた。もちろんその意味するところは明らかであった。これが証拠だ。命さえ助けてくれれば、決して口を割りはしないと約するものだろう。そうしてやれたら好都合というものだが、仕事は仕事だ。それに列車はもう遠く走りさって、今さらどうにもなりはしない。

列車がカーヴをごとごとと曲ってゆくと、前方に坑口がぽっかりと黒く口をあけているのが見えてくるし、彼も喚《わめ》くのをやめた。坑口をふさいであった板をとりのけて、そのあたりをきれいに片付けておいたのだ。石炭を積みこむのに都合のよいように、以前は引込線が竪坑《たてこう》のすぐそばまで敷設《ふせつ》してあったものだ。だからこんどの目的のためには、竪坑の坑口までほんの二、三本だけレールを補足すればよかった。実際にやってみると、レールの長さの都合で坑口へ三フィートばかりも突き出してしまった。二人の頭が窓に重なりあって——カラタル氏は下でゴメスは上だが——いるのが見えた。二人は列車のゆく手にあるものを見て、声もたてられないでいた。といって身動きもできず、窓をはなれられない。前途に横たわる光景に全身が麻痺《まひ》してしまったのだ。

以前から私は、驀進する列車が私の導入する竪坑へどんな風に落ちてゆくだろうかと、想像を逞《たくま》しゅうしてみたものだが、今それを実地に見るにあたって大いに好奇心をそそられ、眼をこらしたのである。なかには一気に坑口を躍り越すだろうといった者もあるが、実際事実はそれとあまり違わなかった。だが幸いにして列車は坑口を躍り越えはしないで、機関車の緩衝器が坑口の向うがわの縁に、大音響とともに激突したのである。そのため煙突は空中に舞いあがった。そして炭水車も客車も車掌車も押し潰《つぶ》されてすべて一団となり、機関車の残骸《ざんがい》とともに一分間ばかりというもの、坑口をふさいでしまった。それから坑口の少しさがったところで何物かが崩れたのをきっかけに、なまなましい鉄塊と煙をたてる石炭、真鍮《しんちゆう》の付属品、車輪、木部、座席などが、いっしょくたに押し潰されて坑口を墜落していった。破片の周壁にぶつかる音が、ガラガラガンと響き、よほどしばらくしてから、底に達して腹にひびくはげしい音が、地響きとともに聞こえてきた。つづいて汽罐《ボイラー》が爆発でもしたのであろう、鋭い破裂音が聞こえてくると、蒸気と煙が暗い坑口から吹きあげ、あたり一面雨のような飛沫《しぶき》が降りそそいだ。しかしそれもやがては薄くちぎれて夏の陽光のなかへと流れさり、ハーツイーズ炭坑は再び静寂にかえったのである。

かくして計画はみごとに成功した。残るところは完全に痕跡《こんせき》を消すだけである。このときすでに引込線の一端では、一隊の手先がポイントを外してしまい、すべての物をもと通りに納める仕事をはじめていた。われわれ坑口がわでも、みな忙しく働いていた。煙突やその他の破片は坑口へ投げこみ、その坑口はもと通り厚板でふさぎ、新たに敷いたレールははがして持ちさった。それから皆は慌《あわ》てずに、といって時を失せず、国外へ立去った。私以下大部分のものはパリへ、イギリス人の助勢者はマンチェスターへ、マクファースンはサザンプトンへ出て、そこからアメリカへ移住したのである。われわれの仕事が如何に徹底したものであったか、また腕達者な捜査当局が如何に戸惑ったかは、当時のイギリスの新聞を見てもらえば明らかである。

ゴメスが書類の入った鞄《かばん》を窓から投げすてたことは前に述べた。あとでその鞄を手に入れて、この仕事を依頼された紳士のところへ持っていったのはいうまでもなかろう。但《ただ》しその鞄のなかの書類を一、二枚記念に私が取っておいたと知ったら、その紳士も面白がることだろう。といってその書類を公表しようなどとは夢にも思わない。だが、この世は誰でもすべてそうしたものなのだ。もし私が助けのほしくなったとき、誰も助けに来てくれなかったとしたら、方法のないことになるではないか。諸君、このエルベール・ド・レルナクという男は、味方につけば頼りになるが、敵にまわしたら始末におえないばかりか、諸君が一人のこらずニュー・カレドニア（訳注　南太平洋の小島。仏領で、元囚人植民地）へ向けて出発したのを見届けてからでなくては、ギロチンになど登るような男では決してないのだ。こんなことをいうのも自分のためではない。ド――氏、――将軍、――男爵《だんしゃく》（――のところにはご自分でそれぞれ名を入れるがよい）などは、大いに急ぐがよかろう。第二回の告白を書くときは、決して——などは使わないことを確約する。

追記——この告白文を読みかえしてみて、一つだけ言い落しのあるのに気がついた。細君に手紙を出し、ニューヨークで落合おうという愚行を演じた不運のマクファースンのことである。われわれ如《ごと》き大きな利害のかかる仕事に従事するものにとっては、あの種の人間が女に秘密を漏らすおそれのあるのを、黙視するわけにゆかぬのは当然である。妻に手紙を出すということで誓約を破ったからには、こっちはもはやあの男を信用できなくなった。だからこっちも彼が二度と細君に会えなくする手段をとったまでである。彼女に手紙をやって、誰かと再婚しても少しも差支えはないのだと教えてやるほうが親切というものではあるまいかと、しばしば考えたものである」

甲虫採集家

奇抜な経験だって？（と博士がいった）あるとも！　じつに不可思議きわまる経験があるんだ。二度とあんな事にぶつかることはあるまいと思う。短い一生のうちに、一人の男が二度もそんな目にあうなんて、道理としても考えられないことだ。信じてくれるかどうか、とにかく事実をありのままに話してみよう。

僕《ぼく》が医者になったばかりで、まだ開業はしておらず、グロウワー街に部屋を借りて住んでいた当時のことだ。あの街はいまでは家番号がつけ替えられているが、メトロポリタン停車場からやってくると、出窓のついた家といったら、左がわの家並にはそれ一軒しかなかった。当時はマーチスンという未亡人が住んでいて、医学生を三人と技術者を一人下宿させていた。僕は部屋代のいちばん安い最上階の部屋を借りていたわけだが、その安い部屋代でさえ、当時の僕には重荷で、そうでなくてさえ淋《さび》しい懐中は週一週と乏《とぼ》しさを加え、どうしても何か仕事を探さなければという羽目に陥《お》ちいってしまった。といって僕の嗜好《しこう》はもっぱら科学の研究にあり、とりわけ動物学には常に強い関心をもっていて、一般開業医をやる気は少しもなかった。しかし生活のためにはそうもいっておられず、結局は安医者の生涯《しょうがい》を送るしかあるまいと思っている矢先へ、妙なことから苦闘に転機がきたというわけなんだ。

ある朝のこと、スタンダード新聞をひろげて、内容にざっと目を通したが、珍らしい記事もないものだから、放《ほう》りだそうとしてふと、人事欄のはじめのほうに出ている広告が目にとまった。つぎのような文句だった。

医師を一日または数日間雇いたし。身体強健、精神堅固、決断力旺盛《おうせい》にして、昆虫《こんちゅう》特に甲虫学者ならばなお可。ブルック街七七Bへ本人来談、本日正午まで。

僕が動物学に専念していたことは、まえにも話したとおりだが、そのうちでも昆虫の研究には最も心をひかれ、わけても甲虫類には精通していた。蝶類《ちょうるい》の採集家なら世に無数だけれど、甲虫ときたら種類も多いし、イギリスではずっと手に入りやすい。それだから僕は甲虫に目をつけることになったのだが、もうすでに数百種も採集していた。広告にあるほかの条件にしても、胆力はあるし、以前に病院対抗の砲丸投げに優勝したこともあるのだ。してみれば、この求人には僕こそ最適任というものだろう。そこでこの広告をみて五分もたたないうちに、僕はブルック街へと辻馬車《つじばしゃ》をとばしていたものだ。

馬車のうえで、こんな奇妙な条件を必要とするとは、いったいどんな仕事なのだろうかと、胸中に考えつづけた。身体強健、精神堅固、医学の教養があり、甲虫についての知識を必要とする——こうした雑多な条件のあいだには、どうした関連があるというのだろう？　おまけに広告によると、この仕事は永久的なものではなく、一日または数日と期間をきってある。考えれば考えるほど、何がなんだかわからなくなるが、よく考えてみれば、どんなことになるにしても、僕の損にはならないのだし、こっちの財布は完全にカラになりかけているところではあり、正当な金《かね》がなにがしか入《はい》ってくるのなら、多少の危険は冒してでも、やってみようという気持になるのだった。人間が失敗を恐れるのは、その代償を支払わなければならないからだが、文《もん》なしのこの身には、取られるものなぞありはしないのだ。その時の僕は、空の財布しかないけれど、もう一勝負やる機会を与えられた賭博者《とばくしゃ》のようなものだった。

ブルック街七七Bの家というのは、そのあたりによく見かけるジョージ朝風の、古ぼけてはいるが堂々たる焦茶《こげちゃ》いろの家で、正面がまっ平《たい》らだった。馬車から降りたったとき、その家から一人の青年が出てきて、急ぎ足に往来を歩いていった。その男は何か尋ねたいような、それでいていくらか悪意ある視線を僕に投げかけて通りすぎたが、僕はそれをよい前兆《ぜんちよう》と見てとった。というのは、その男の様子は採用面接に落第したことを物語るものだし、僕の現われたのを口惜《くや》しがるとすれば、仕事の口のまだふさがっていないのを意味するものだからだ。僕は希望で胸をわくわくさせながら、広い石段をのぼって、大きなノッカーを叩《たた》いた。

すると髪粉《かみこ》をつけ仕着せの制服をつけた下男が現われた。明らかにこれは富裕な上流の一家なのだ。

「何かご用で?」と下男。

「新聞広告をみて参りましたが……」

「あ、さようで。リンチミア卿《きよう》がすぐお書斎でお目にかかりますので……」

リンチミア卿というのか! 聞いたような名ではあるが、すぐには何も思いだせなかった。下男について入《はい》り、本のずらりと並んだ広い部屋へ通されてみると、ごま塩の長髪《ちようはつ》をうしろへ撫《な》であげた、明るい表情のよく動く、小柄で無髯《むぜん》の紳士が、書きもの机をまえに坐《すわ》っていた。紳士は下男からうけとった僕の名刺を右手に、鋭い、食いいるような眼つきで、じろじろと僕を見あげ見おろした。それから好意ある明るい微笑をうかべたので、少なくとも外観だけはお気に召したのだなと思った。

「ハミルトンさん、あなたは私の出した新聞広告を見ておいでなのですね？」

「はい、そうです」

「あなたはあの広告にある条件をそっくり備えておいでですか？」

「備えているつもりです」

「体力はおありのようだ。いや、少なくともお見うけしたところはね」

「体力には自信があるつもりです」

「それでは胆力のほうはどうです？」

「それにも自信があります」

「今までに何か、これぞという危険に遭遇した経験がおありですか？」

「そうですね、べつにそんな経験はありませんが」

「でも、そんな場合になっても、冷静かつ迅速に行動できると思いますか？」

「そうありたいと願っています」

「結構です。あなたなら大丈夫でしょう。それに経験もないことを、できるなぞと安請けあいしないところが気にいりました。私の印象では、少なくとも肉体や精神に関するかぎり、あなたこそ私の求めている人物のようです。では、その点はよいとして、つぎの問題の検討にうつりましょう」

「と申しますと？」

「甲虫についてお話を伺いたいのです」

冗談ではないかと、思わず僕は相手の顔をみたが、冗談どころか、紳士は机に上半身をのりだすようにして、返答やいかにと様子をうかがっている。

「甲虫の知識はないのじゃないかな？」

「それどころか、甲虫こそは僕の自信をもって知っておりますと答えられる学問の一つです」

「そうと聞いては狂喜する思いです。では甲虫について話して下さい」

そこで僕は話してやった。なにも独創的な意見を述べたというのではない。単に甲虫の特性を簡単に話して、僕の貧弱な採集品のなかにある標本に言及し、「昆虫《こんちゅう》学雑誌」に発表した「シデ虫について」という小論文を語ったにすぎない。

「へえ！　それでも採集家ではないって？」リンチミア卿は思わず声をあげて、うれしさに両眼を輝やかせながら、「あなたこそこちらの希望にぴたりの人だ。この広いロンドンの五百万人のなかには、きっとそういう人の一人くらいはいると思ったが、それを探しあてるのが問題だった。こうしてそれが見あたったのは、望外の幸運でした」

　そういってテーブルのうえの鐘をならすと、下男がやってきた。

「ロシッター夫人にここまでご足労をねがってくれ」と命ずる。

　やがて一人の婦人がはいってきた。小柄な中年の人で、機敏そうなところから半白の頭髪まで、見たところリンチミア卿によく似ている。ただこの人の顔には、さっきから気のついていたリンチミア卿のそれにもまして、いとも不安のかげがさしている。なにかよほど大きな悲しみが、この婦人の容貌《ようぼう》に暗いかげを投じているのだろう。リンチミア卿の紹介によって、まともにこっちを向いたその顔をみて、僕はひどく驚いた。右の眉《まゆ》のうえに長さ二インチくらいの直《なお》りかけの傷あとがあるのだ。半ば絆創《ばんそう》膏《こう》にかくされているが、かなりひどい傷で、しかも近ごろのものであるのがわかった。

「イヴリン、このかたはハミルトンさんといってね、こっちの注文にうってつけのお人なんだ。現に甲虫の採集もやっておられるし、それについては論文までお書きになっているそうだよ」

「まあ！」とロシッター夫人は嘆声をあげて、「では私の主人をご存じのはずですわ。甲虫の研究をしていらっしゃるお方なら、トーマス・ロシッターの名をご存じないはずがございませんもの」

この不可解な問題の性質が、はじめてほんの少しばかりわかりかけてきた。これらの人物と甲虫との関係は、こんなところにあったのだ。サー・トーマス・ロシッターといえば、この問題に関する世界的な権威者なのだ。一生を甲虫の研究にささげて、最も完璧《かんぺき》な労作を世にだしている。僕はその著書を読んで大いに真価を認めるものであることを急いで夫人に伝えた。

「では主人にお会いになりましたのね？」

「いいえ、お目にかかったことはないです」

「いずれ会いますよ」リンチミア卿はきまりきったことのようにいった。

夫人は机のそばに立っていたのだが、このとき片手を卿の肩においた。そうやっている二人の顔を見くらべて、僕にはこの二人が兄妹《きょうだい》にちがいないことが明らかであった。

「兄さんはほんとうにあれを実行するおつもりなのですか、チャールズ？　りっぱなことだとは思うけれど、なんだか恐《こわ》くてしようがありませんわ」夫人の声は不安に震《ふる》えていた。リンチミア卿もおなじ気持なのだろうが、それでもこのほうは必死に感動をおさえているらしい。

「大丈夫、大丈夫だよ。もうすっかりいいのだ。すっかり決《き》めてしまったことだ。要するにそれしか方法はないだろうからね」

「でも方法は一つだけありますわ」

「いや、いや、イヴリン、どんなことがあっても、お前を見すてはしませんよ、決して。きっとうまくゆく。安心して任《まか》せておきなさい。きっとうまくゆく。それにこんな人は飛びこんでくれるし、まるで神様の干渉でもはいったようじゃないか」

二人は僕というものの存在を忘れているように思えたので、こっちは当惑した。それでもリンチミア卿はやぶから棒に僕のほうへ向きなおると、仕事の話を切りだした。

「ところでハミルトンさん、お出《い》でを願った用件のことだが、まず第一には、絶対に私のいう通りにしてもらわなければならん。それで私といっしょにちょっとした旅行をするのだが、そのあいだ私のそばを離れてはならん。そして私のお願いすることは、たとえどんなに不合理に見えようとも、質問なぞせずに何でも実行してほしいのです」

「お話をうかがって、いろいろとお尋《たず》ねしたいことがあります」

「残念ながら、今のところこれ以上明白なことはいえないのです。というのは、どんなことが起るのか、私にもわかっていないからです。しかし安心して下さい。あなたの良心が許さないようなことをお願いはしません。終ったらあなたはきっと、この仕事に関係したことを誇らしくお感じになると思うのです」

「首尾よく納まりましたらばね」夫人がいった。

「それ、それ。首尾よくゆけばね」卿も同じことをいった。

「それで条件は？」僕が尋ねた。

「一日二十ポンドです」

そう聞いて僕はあきれた。そのことは顔いろにも出たのにちがいないと思う。

「あなたも新聞広告を見たとき感じたでしょうが、これは資格にひどくむずかしい注文があるのです」卿が説明した。「だからその人にたいして厚く報いるのは、当然のことだと思います。あなたの仕事が困難な、ときには危険さえ伴なうものなのは否《いな》みません。それに仕事は一日か二日で無事に終るかもしれないものなのです」

「おお神さま！」夫人が溜《た》め息をもらした。

「ではハミルトンさん、やって下さいますね？」

「たしかに承知いたしました。それではただ、私の任務だけうかがいましょう」

「まず家へお帰りねがって、ちょっとだけ田舎《いなか》へ旅行するのに必要な品を準備なすって下さい。今日の午後三時四十分の汽車でパディントン駅をたつのです」

「遠くまでゆくのですか？」

「パングボーンまでです。三時三十分に駅の売店で落ちあいましょう。切符はこちらで買っておきます。ではハミルトンさん、のちほど。あ、それからついでに、お持ちあわせがあれば、ご持参ねがえますとたいへんありがたい品が二つあります。一つは昆虫《こんちゅう》採集用の胴乱《どうらん》で、もう一つはステッキです。これは太くて丈夫なものほどよろしい」

ブルック街の家を辞してから、パディントン駅でリンチミア卿と落ちあうまで、僕がどれほど考えさせられたか、お察しにまかす。夢幻的なこの仕事のことが、まるで万華鏡《まんげきょう》のように脳裏をかけめぐり、つぎからつぎとさまざまな想像が浮んでくるが、どれもこれもみな謎《なぞ》をとくには至らなかった。それにしても真相は、とても信じられないほど奇怪なものなのだろうとは思った。で結局は、解決を求めようという努力は断念し、さしあたり与えられた仕事に専念するだけで満足することにした。

手提げ鞄《かばん》と胴乱と鉛を仕こんだ太いステッキとをもってパディントン駅の売店のまえで待っていると、リンチミア卿がやってきた。最初に思っていたよりもずっと小柄で、朝みた時よりずっと弱々しくやつれて、その態度はおどおどしてさえ見えた。長くて地の厚い、ベルトつきの外套《がいとう》を着て、手には黒イバラの太いこん棒をもっている。

僕をプラットホームのほうへ導きながら、

「切符は買ってきました。これへ乗るのです。車内で少し話しておきたいことがあるから、一室買いきりにしておきました」

ところが卿のきりだした話というのが、一口でいえることで、要するに僕はあくまで卿の身辺警護が役目であり、一刻でもそばを離れてはならぬというだけのことだった。しかも目的地へ近づくにつれて、卿はまるで気が変になったのかと思われるほど執拗《しつよう》に、くり返しくり返し同じことを口説きたてた。

「そうなんです」僕の言葉というよりも顔つきに向って卿は反復した。「私はびくびくしているのです。もともと臆病《おくびょう》な性質《たち》ですが、それは体質の虚弱なところからきていると思うのです。しかし精神は健全で、勇を鼓せば、私ほど神経質でない人でもしりごみするような危険にも、敢然と直面するだけの自信はあります。いま私のやろうとしている行動にしても、疑いもなく恐るべき危険を伴なうものだけれど、決して他人から強いられたものではなく、純然たる責任観念からなのです。もしこれに失敗でもしたら、私は殉教者の名を要求する権利があると思っています」

どこまで続くのかわからないこんな謎のような言葉はもう我慢がならない。いい加減にきりをつけるべきだと僕は感じた。

「いかがでしょう、私を信頼して頂くわけには参らないでしょうか？　これからやる仕事がどんな目的のものか、なに事がおこるのか、いや、どこへ行くのかさえもわからないのでは、私としても十分な働きもできないと思うんです」

「これからどこへ行くかについては、かくべつ秘密にしておく必要もない。私たちはトーマス・ロシッター卿の住んでいるデラミア荘へ行くのです。よくご承知の甲虫の研究家のね。しかしこの訪問の目的については、今のところそれを申しあげても、何ら得るところはなかろうと思います。私たち、家庭内の醜聞になるようなことは、どこまでも伏せておきたいのです。私たちと申しましたが、これは妹のロシッター夫人も私と同じ意向だからです。そういう次第ですから私としては、ぜったいに必要なこと以外は、申しあげないつもりですからどうぞご承知おきを。あなたにご助力ねがう場合は、話はべつですけれどね。

そういうわけで、私の求めているのはあなたの積極的な援助だけなのでして、今後はおりにふれて、どうやってくれたら最もありがたいか、私からいちいち指示することにします」

こうまでいわれては、もう何もいうことはない。貧乏だから、一日二十ポンドのためには、たいていのことも我慢しなければならないのだ。そうはいうものの、リンチミア卿《きょう》の態度には、少なからず非礼なところがあって、僕というものを手中におさめておき、現に手にしている黒イバラのステッキのように、一介の護身具にしたがっているのは明らかだった。さりながら卿の神経質な性向からみれば、一家の恥になるようなことは何とか伏せておきたい、何とも打ちあけざるを得なくなるまでは、口をつぐんでいたいのも理解できなくはなかった。結局その秘密を解明するには、自分の眼と耳を働かせるしかないわけだが、それには少しも油断をしてはならないぞと心に言いきかせたのだった。

デラミア荘というのはパングボーン駅からたっぷり五マイルはあるのだが、僕たちはそこまでをオープンの馬車でいった。そのあいだずっとリンチミア卿は物思いに沈んでおり、目的地近くなってやっと口をきいたかと思うと、それは予備知識を与えるためのものであったが、僕には何とも意外な話だった。

「たぶんお気がついてはいまいと思うが、私もご同様に医者なのですよ」

「そうとは存じませんでした」

「若いころ、貴族に列せられるなどとは夢にも思わなかった時代に、私は医師の免許を取ったのです。取るにはとったものの、今日《こんにち》までそれを実地に使ったことはありませんが、それでも医学教育ってよいものですな。私はそれに捧《ささ》げた数年間を後悔したことは一度もありませんよ。あそこに見えるのがデラミア荘の門です」

門というのは紋章である怪物を頂きに冠した高い柱が二本あって、曲りくねった並木道がそこから奥へ通じているのだった。そして月桂樹《げつけいじゅ》や石楠《しゃくなげ》の茂みごしに、蔦《つた》のからんだ、破風《はふ》の多い館《やかた》のそびえているのが見え、年を経た煉瓦《れんが》造りは明るく暖《あたた》かく、軟《やわ》らかみをたたえていた。このほれぼれするような光景になおも見とれていると、リンチミア卿は怒りっぽく僕の袖《そで》を引いて、耳のそばで、

「あそこにいるのがサー・ロシッターです。できるだけ甲虫の話をして下さいよ」

そのとき月桂樹の垣根《かきね》のすきまから、妙に痩《や》せて骨ばった背のたかい男が現われたのである。除草用の小さな鋤《すき》をもっているが、見るとその手には園芸用の長手袋をはめている。鼠《ねずみ》いろの鍔《つば》びろの帽子が陰《かげ》をしてはいるけれど、その顔には貧弱な顎鬚《あごひげ》があり、ひどくとげとげしくて、苦りきってみえた。馬車がとまるとリンチミア卿はとびおりるなり、

「や、トーマス君、今日《こんにち》は」と元気よく声をかけた。

しかし何の反応《はんのう》もなかった。館の主人《あるじ》はにこりともせずに義兄の肩ごしに僕の顔を睨《ね》めつけているばかり、何やらぶつぶついうのが、切れぎれに聞こえた。――「わかりきった挨拶《あいさつ》さ。……未知のやつは大嫌いだ。……条理《すじ》のたたない侵入だ。……許し

ておけるものか」と、声を殺して何か説明するのが聞こえ、つづいて二人は顔をよせて何か話しあっていたが、そのまま連れだって馬車のところへやってきた。

「ハミルトン先生、こちらがサー・トーマス・ロシッターです」とリンチミア卿がひきあわせた。「話してごらんになればわかりますが、お二人は趣味の点でひどく共通したところがおありですよ」

僕はだまって頭だけさげた。サー・トーマスは烈《はげ》しい表情のままで、帽子の広い鍔の下からじっとこっちを見つめている。

「リンチミア卿の話では、甲虫のことをいくらか知っているというが、どれくらい知っているのかね？」

「甲虫類に関するあなたの著述から学んだことだけですよ」と僕が答えると、

「わが国に棲息《せいそく》する甲虫のうち、比較的知られているものの名をあげてみたまえ」

こんなところで試験をされようとは思いもよらなかったが、幸いにして僕には返答の用意があった。その解答がお気に召したらしく、相手の男は顔いろを柔らげた。

「あの本でいくらか得るところがあったとみえるな。それにしてもあんな問題に興味をもつ人物に会おうとは思わなかったね。スポーツだの社交だのつまらない事に夢中になるくせに、甲虫というと見むきもしないのはどうしたものだ。ここいらの愚物《ぐぶつ》どもときたら、誰に著述があるのかさえ知っちゃいないのが多いときている——しかもこっちは翅鞘《ししよう》の真の機能を最初に記述した本人であるというのにな。いや、よく来ました。面白い標本ならいろいろあるから、もちろんお見せしますよ」といって馬車へ乗りこみ、そのまま館《やかた》のほうへ僕たちを案内した。そしてその途中も、最近の研究になるテントウ虫の解剖学のことなど話した。

サー・トーマス・ロシッターが大きな帽子を目深《まぶか》にかぶっていることは前にもいったが、玄関をはいるとその帽子をとったので、今までは隠されていた妙な特色のあるのに気がついた。というのはその額《ひたい》のことだが、生れつき広いところへ、頭髪がぬけあがっているので、ますます広くなっているやつが、たえずピクピク動いているのだ。どこか神経に欠陥でもあるのか、そこの筋肉がピクピク動くかと思うと、奇妙な回転運動をしていて、あんなのはまったく今までどこでも見たことのない奇観だった。書斎へはいってこっちへ向きなおってからは、それが余計目だってみえた。ことにこの痙攣《けいれん》のある額の下で、烈しい灰いろの双眼が僕たちをじっと注視しているのは、奇妙な対照をなしてみえた。

「家内がいなくて、何のもてなしもできんのは残念だがね」とサー・ロシッターがいった。「ところで、チャールズ、イヴリンはこっちへ帰る日どりのことを何かいわなかったかね？」

「もう二、三日ロンドンにいたいといっていたよ」リンチミア卿が答えた。「知ってのとおり女というものは、しばらく田舎《いなか》にいると、いろいろと社交の義理がたまってくるらしいからね。妹はロンドンにたくさんの古い友だちがいるものだから……」

「まあ、あれも自由の身なんだから、ああしろこうしろと、あんまり干渉すべきではなかろうが、いい加減に帰ってきてもらいたいもんだ。一人でいるのはとても淋《さび》しいものだ」

「そうじゃないかと気を揉《も》んでいたところだ。じつはそのこともあってやって来たわけだけれどね。ところでこちらのハミルトンさんは、趣味の点で君と大いに一致するものがあるので、いっしょにお連れしてもよかろうと思ったものだからね」

「こっちはここで隠居生活を送っているものだからね、ハミルトン君。初めての人に会うのもしだいに煩《わず》らわしくなってね。どうかすると気力が弱ってきたのじゃないかと思うこともある。若いころには甲虫を追って、不健康な地方へもよく行ったものだが、それにしても君のような甲虫研究家なら、いつでも大歓迎だし、自慢じゃないがわしの採集品はヨーロッパ第一と自負しておるから、ぜひ見てもらいたいものだ」

なるほど立派《りっぱ》な採集品だった。オーク材の大きな飾り棚があって、いくつもの浅い引出が設けられており、世界のあらゆる地方で採集された甲虫が、黒いの、茶いろいの、青いの、緑の、斑《ふ》のあるのとそれぞれに分類され、きちんと札をつけて納めてあった。サー・ロシッターは針どめした甲虫の行列のうえを撫《な》でさするような手つきをしながら、つぎつぎと特に珍らしい標本になると、まるで貴重品でも扱うようにそっとつまみあげて僕に示し、その特色や、それを手にいれたときの事情を説明するのだった。そういう話に好意をもって耳を傾ける客は明らかにめったに来たことがないらしく、その説明は諄々《じゅんじゅん》とつづき、春の夕《ゆうべ》はいつしかとっぷり暮れて、夕食の準備の着替えを促す銅鑼《どら》の音《ね》が邸内にひびきわたってきた。その間じゅうリンチミア卿は無言でいたけれど、いつでも義弟のそばについており、たえず物問いたげな、探るような視線をちらちらと義弟の顔にはせているのが見られた。そして自分はといえば、強い感動と不安と同情と期待との表情をうかべていた。僕にはそれがよくわかる気がした。リンチミア卿はたしかに何ものかを怖《おそ》れ、何事かの起るのを期待していたのだと思うが、その何ものか、または何事かはどんなものであるのか、僕には想像もつかなかった。

その宵《よい》は平穏のうちに楽しくすぎていった。これでリンチミア卿のあの絶えざる緊張の面持《おもも》ちさえなかったら、僕もすっかりくつろいだ気持ちでいられたのだが。サー・ロシッターの態度も、なれるにつれて次第にうち解けてきた。妻が留守にしている不満を愛情こめてたえず口にし、近ごろ幼ない一人息子までが寄宿学校へいってしまい、寂しくてならないと漏らした。二人のいない家のなかは、まるで違ってきたのだという。これでもし甲虫の研究という道楽がなかったら、どうして一日を過ごしたものか、ほとほともてあましたろうともいった。食事をすませてから、僕たちは撞《どう》球室《きゆうしつ》でしばらくタバコをやって、それぞれ早めに寝室へ引きとった。

そしてその時になって初めて、リンチミア卿は気違いではないのかという疑念が僕の胸に浮かんだのだ。というのは、サー・ロシッターが寝室へ引きとったのを見届けてから、リンチミア卿が僕の寝室へ押しかけてきたのだ。

「ハミルトンさん」と卿は押し殺した声でせきこんでいう、「私の寝室へ来てくれなければいかん。今夜はあっちですごすのです」

「えッ、何のためですか?」

「説明はしないほうがよい。とにかくそれもあなたの仕事のうちなのです。私の部屋はすぐそばですから朝になって召使が起こしに来るまえに、あなたは自分の部屋へ帰っていればよろしい」

「それにしても何のためです?」

「一人でいると私が心配だからです。理由が知りたければ、それだけのことです」

まったく正気の沙汰《さた》じゃないが、そのための一日二十ポンドだといわれりゃ、ぐうの音《ね》も出やしない。僕はおとなしくあとについてリンチミア卿の寝室へいった。

「おや、この寝台は一人しか寝られませんね」

と僕がいうと、

「それでよいのです」とすましたものだ。

「あとの一人は？」

「見張りにつかなきゃなりません」

「なぜですか？　まるであなたが襲われるのを予期しているように聞こえますね」

「おそらくそういうことになるでしょう」

「それだったら、なぜ部屋に鍵《かぎ》をかけないのです？」

「どっちかというと私は襲われたいのです」

いよいよもって正気の沙汰じゃないが、こうなったら僕としては服従の二字あるのみだ。肩をすくめただけで、僕は火の気のない壁炉のそばの安楽椅子《いす》に腰をおろした。

「それでは僕が見張りをするのですか？」僕はなさけなくなった。

「いや、二人で交替《こうたい》にやりましょう。あなたが二時まで受持って下されば、あとは私がやります」

「わかりました」

「じゃ二時になったら起こして下さいよ」

「承知しました」

「よく耳を澄ましていてね、何か物音がしたらすぐに私を起こして下さい。すぐにですよ、わかりましたね？」

「わかりました。大丈夫ですよ」僕はリンチミア卿に負けぬくらい真剣な顔で答えたものだ。

「それにどんなことがあっても、寝こんだりしちゃだめですよ」と卿は念をおしておいて、上衣《うわぎ》をぬぐと蒲団《ふとん》をかぶって眠る用意をした。

この時の不寝番《ふしんばん》はどうにも気の重いものだったし、その役目のバカらしさを思うと、いっそう憂うつになってきた。リンチミア卿としたことが、サー・トーマス・ロシッターともあろう人の家のなかにいて、万一身の危険が慮《おもんぱか》られるのなら、なぜ部屋に鍵をかけて防衛をはからないのだろう？　卿はむしろ襲われたいのだといっていたが、そんなバカバカしいことってあるものか。そんなことを希望するものがどこにあるものか。明らかにリンチミア卿は何か妙な妄想のとりこになっているのだ。その結果、僕は愚かな口実のもとに、夜の休息を剥奪《はくだつ》されることになったのだ。それにしても、いかにバカげていようと、卿に雇われた以上は、文字どおりその命令に従わなければならない。そこで僕は火の気のない壁炉のそばに坐《すわ》って、遠くの廊下のほうで時計が十五分ごとに時を知らせる大げさな鐘《かね》の音に耳を傾けていた。はてしない不寝番だ。大きな邸宅のなかは、あの時計の音をのぞいたら、ことりともしない。そばのテーブルに小さなランプがあって、椅子のまわりにだけ光りの環《わ》を投じているが、部屋の四隅は闇《やみ》に覆《おお》われていた。寝台のうえではリンチミア卿が静かな寝息をたてている。僕はその安らかに眠っているのが羨《うらや》ましくなり、またしても上下のまぶたがくっつきそうになるのだが、そのたびに自分の責任を自覚して、ハッと坐りなおして眼をこすったり、からだを抓《つね》ってみたり、何とかしてこの不合理な不寝番をやりとげようと努めるのだった。

役目はやりとげられた。遠い廊下のどこかから時計が二時を打つのが聞こえてきたのだ。僕は眠っている卿の肩に手をおいた。卿はハッと上半身を起して、ひどく緊張した表情でたずねた。

「何か聞こえましたか？」

「いいえ、ただ二時になったものですから」

「よろしい。こんどは私が不寝番につきましょう。あなたは寝《やす》んで下さい」

僕は卿に見ならって、蒲団をかぶって横になると、すぐに眠ってしまった。眠るまえに覚えているのは、あのランプの小さな光りの環と、そのなかにぽっかり浮んだリンチミア卿の小さくかがみこんだ姿と、緊張した不安そうな顔だけだった。

それからどのくらい眠ったものか、自分でも見当がつかないが、とにかく急に袖を引かれたので目がさめた。みると部屋のなかはまっ暗だが、油のなま温かい匂《にお》いから察して、たった今までランプが点《とも》っていたものと思われた。

「早く！　早く！」耳もとでリンチミア卿の声がした。

僕は寝台から跳ね起きたが、それでも卿は僕の腕をつかまえた手を放さずに、「こっちだ！」とささやいて、部屋の一隅へ引っぱってゆき、「しっ！　そら、聞きたまえ！」

夜の静けさのなかに、何ものかの廊下づたいにやって来る足音がはっきり聞こえる。一歩一歩注意ぶかく踏みだすかすかな、間《ま》をおいた忍び足であった。ときには三十秒も足音がとだえ、それから新らしい前進を物語るかすれた、きしむ足音。リンチミア卿は神経がたかぶってからだが震えていた。まだ僕の腕をつかんだままのその手は、まるで風にゆれる木の枝のようにぴくぴくしていた。

「あれは何ですか?」僕がささやいた。

「あいつですよ」

「サー・ロシッターのことですか?」

「そう」

「何しに来るんです?」

「しっ! 私がよいというまで、手を出さないようにね」

このとき僕は、何ものかがドアを開けようとしているのに気がついた。カタリと握《にぎ》りをまわすかすかな音がして、うす明るい光りがほそく差しこんできた。廊下のはるかさきにランプが点っているだけなので、暗い室内からは外《そと》のものがほんの輪郭だけ見える程度だった。ドアのすきまからもれるうす明りは、ほんのわずかずつ広がってゆき、やがてそのなかに黒く人の形が見られるようになった。低く身をかがめた男で、大柄の奇型な小人《こびと》の影絵じみてみえた。ドアはこの縁起でもない姿を中心に、そろりそろりと次第に開かれていった。と、そのとたんに、うずくまった姿勢の影はいきなり立ちあがると、まるで虎《とら》のように部屋のなかへ躍りこんできた。そして何か重いもので寝台を叩《たた》きすえたらしく、どすんどすんという大きな音が三つ聞こえた。

あまりのことに僕は全身がしびれたように、そこへ突立ったまま眼をみはるだけだったが、つぎの瞬間、助けを求めるリンチミア卿《きょう》の大声にふと我にかえった。開けはなたれたドアから流れこむうすら明りで、物の輪郭だけはおよそ見てとれたが、小柄な卿は、まるで痩《や》せた鹿狩《しかが》り犬に食いさがる勇敢なブルテリア犬のような形で、義弟の首に両腕で武者ぶりついているのだった。武者ぶりつかれた痩せて背のたかいサー・ロシッターは、あちこちと身体《からだ》をねじって暴れながら、襲撃者に摑《つか》みかかろうともだえていた。しかしリンチミア卿のほうはなおも手を放さず、背後から首すじにしっかりしがみついているのだが、それでもよほど持てあましたものとみえて、恐ろしげな金切声をたてたものだ。

そこで僕はすぐ応援にとびつき、卿と二人がかりでサー・ロシッターをどうにかねじ伏せたが、おかげで僕はサー・ロシッターに肩さきを嚙《か》みつかれた。僕の若さと体重と腕力をもってしても、サー・ロシッターの狂暴な反抗を押さえつけるのは、決して容易なわざではなかった。それでもどうにか押さえつけると、着ていたガウンの紐《ひも》で両腕を縛りあげた。そして僕が足を押さえつけているあいだに、卿がランプに火をつけようとしていると、廊下にたくさんの足音が聞こえて、執事と二人の下男が声を聞きつけて駈《か》けつけてきた。三人の手をかりたから、取りおさえるには何の苦もなかった。サー・ロシッターは口から泡をふきながら、仰《あお》むけに横たわって天井の一角を睨《にら》みつけている。その顔をひと目見れば、寝台のそばには短かいが重い金鎚《かなづち》がころがっていることからも、これがいかに危険な狂人であるか、いかに凶暴な意図をもってあばれこんだものであるかはわかるのである。

「手荒なことをしてはいかん！」みんなでサー・ロシッターをたすけ起こすとき、リンチミア卿がいった。「こんなに暴れたあとには、きまって昏睡《こんすい》状態がくるのだ。もうそれが始まっていると思う」こういううちにも痙攣《けいれん》はおさまって、昏睡がきたらしく頭は胸もとに垂れてしまった。そこで僕たちは廊下づたいに本人の寝室へはこんでゆき、自分の寝台にねかした。見ると苦しそうな息をしながら、意識を失っている。

「お前たちのうち二人は見張りをしてておくれ」リンチミア卿がいった。「それからハミルトンさんは、ご面倒でも私の部屋まで来て下さい。一家の名折れになるのを恐れるあまり、今までのびのびになっていましたが、詳しいことを申しあげましょう。どうなるにしても、あなたとして今晩の仕事に荷担《かたん》したのを後悔はなさるまいと思いますよ。

真相はほんのひと言で明らかになります」二人きりになると卿は言葉をつづけて、「あの不幸な義弟は、良人《おっと》としては愛情があり子供からは慕《した》われるし、じつによい男なのですが、ただ一つ精神病のつよい遺伝のある家系の生れなのです。それで人殺し騒ぎを起こしかけたことも一再ならずありましたが、しかもさらに困ったことには、この発作は自分のもっとも愛するものに向って現われるのです。だからそういう配慮から、子供まで寄宿舎へ送るようなことになりましたところ、こんどは自分の妻——これは私の妹ですが——へお鉢がまわりました。それでも妹は傷をうけただけで難を免《まぬか》れましたが、あの傷はあなたもロンドンでお会いのとき気がおつきだったでしょう。正気にかえったときは何も覚えていないのですから、自分が最愛のものを傷つけたなどといわれても、一笑に付してしまう始末です。ご存じと思いますが、この種の病気のあるものに、本人にそうだと納得させるのは不可能な場合もしばしばあるものでしてね。

ここで大切なのはむろん、彼が血で手を汚《けが》すようなことをしでかすまえに、監禁することにあったのですが、これはじつに困難なことでした。生れつき隠遁的《いんとんてき》な性向で、医者と名のつくものには会おうともしません。そのうえ、こっちとしては、何よりさきにこれが病人であることを医者に認めてもらわなければなりません。ところが彼は、まれに発作を起こした時のほかは、われわれ同様にまったく正常なのです。ところが都合のよいことに、発作のおこるまえには、必ずある種の予徴がある。神意のようなその警戒信号をみて、こっちは防衛の措置《そち》をとるのです。その警戒信号のおもなものは、あなたもお気づきのことと思いますが、額の皮膚の神経的な痙攣《けいれん》です。これは発作のおこる三、四日まえに、必ずおこる現象なのです。これが現われると、妻はすぐに何かの口実を設けてロンドンへ逃避し、ブルック街の私の家へ身をかくすのでした。

私に残された手段は、義弟の発狂の事実をなんとかして然《しか》るべき医師に診断してもらうことにあります。その診断書なしには、他人に危害を加えるおそれのないところへ入れるわけにはゆきません。それには如何《いか》にして医師をこの家に入れるかが第一の問題です。それにつき思いついたのは、彼が甲虫に熱中していて、同好の士ならば喜んで迎え入れるということです。そこで新聞広告を出したところ、幸いにもあなたという打ってつけの人が見つかりました。その人は頑丈《がんじょう》で勇敢でなければならなかった。彼が精神病であるのを立証するには、凶悪に襲いかかるところを見てもらわなければならないし、襲われるのは私にきまっていると思ったからです。気が狂うと、ふだん愛していた人物を襲うのですが、彼は正気のとき私を心から愛していましたからね。これだけ申せば、あとのことはおわかりでしょう? ただ夜間に襲撃をうけるかどうかはわからなかったが、今までのところ発作は多く明けがたに起こったから、まあ夜やられそうだとは思っていたのです。私もこれできわめて神経質な男ですが、妹の危急を救うにはこれしか方法がないと思ったものですからね。あなたとしても精神異状の診断書に署名して頂けることは、問題なかろうと思っています」

「それはもちろんです。しかし診断書には二人の医師の署名が必要ですよ」

「あなたは私に医師免状のあることをお忘れですね。そこの脇机《わきづくえ》に書類が用意してありますから、恐縮ですがちょっと署名して下されば、患者は夜のあけ次第入院させられます」

以上があの有名な甲虫採集家サー・トーマス・ロシッターを訪問した顚末《てんまつ》だ。と同時にこれは僕の成功の第一歩でもあった。というのはロシッター夫人もリンチミア卿もその後僕にとって信頼すべき支持者になってくれたからだ。二人は自分たちの危急に際してなした僕の協力を決して忘れなかった。サー・ロシッターは現在では退院しているし、病気は治癒《ちゆ》したといわれるが、それでも僕としては、今後もしデラミア荘へいって泊るようなことにでもなったら、部屋のドアには必ず中から鍵《かぎ》をしておかないではいられないだろうと思う。

時計だらけの男

諸君のうちには一八九二年の春、当時の新聞を「ラグビーの謎《なぞ》」という表題でにぎわした奇怪な事件のあったのを、まだご記憶のかたも多いことと思う。珍らしく無事平穏な時期だったので、不当に世間の注目をあびたきらいはあったけれど、もともと気まぐれさと悲惨さの交錯したものだから、一般大衆の好奇心を刺戟《しげき》しやすく、いっそう評判になったともいえるだろう。とはいっても、数週間にわたる捜査の結果が空《むな》しく、事件は今日にいたるまで迷宮入りのままと知っては、一般の興味もうすれてしまった。しかるに最近の通信により（その通信の信憑性《しんぴょうせい》に関しては問題がない）、事件に新しい光明がさしてきた。その通信を公表するに先だって、読者の記憶を新たにするため、通信の根元をなすところの奇怪きわまる「ラグビー事件」の概要を述べておくのもむだではあるまい。事件の大略はつぎの通りである。

前述の年の三月十八日午後五時、マンチェスターへむけてユーストン駅を一つの列車が出発した。その日は雨ふりで雲ゆきも悪く、時刻のたつにつれて、ますます荒れてゆき、よくよくの用事のあるもののほか旅行なぞ思いもよらぬ悪天候であった。それでもこの列車は、途中で三駅しか停車せず、全行程に四時間二十分しか要しないから、ロンドンから帰るマンチェスターの事業家のあいだでは評判がよかった。だから当日もそういう悪天候にもかかわらず、乗客はかなりあった。当日の車掌は会社でも信頼のおける従業員の一人――二十二年間も無事故で、乗客から苦情一つ出たことのない男だった。名まえをジョン・パーマーという。

駅の時計が五時をうちだしたので、車掌は機関士にいつもの通り発車の合図をしようとすると、おくれて来た二人の乗客がホームを駆けてくるのが眼についた。一人はずばぬけて背のたかい男で、襟と袖《そで》にアストラカン皮のついた黒くて長いオーヴァーを着ていた。その日は悪天候だったといったが、そののっぽは温かそうな高い襟を立てて、三月の冷たい風が喉《のど》をひやすのを防いでいた。忙しいなかで車掌のとっさに判断したところでは、年のころ五十から六十、青年時代の気力と逞《たく》ましさをまだ失なっていなかった。茶革《ちゃがわ》のグラッドストーン鞄《かばん》を片手にしている。もう一人の人物はすらりと背のたかい女で、しゃんと立って、つれの男をひき放しそうなほど元気よく歩いていた。こっちは淡黄褐色《たんおうかっしょく》の長いダスター・コートに、黒いぴたりと合うトーク帽をかぶり、顔はあらかた黒いヴェールで見えなかった。父娘《おやこ》といってもおかしくはなかった。二人は客車の窓を一つ一つ覗《のぞ》きこみながら、足ばやに歩いてきたので、車掌のジョン・パーマーにつかまった。

「もしもし、気をおつけになって下さい。いま発車するところです」

「一等だが……」男のほうがすぐ応じた。

それでパーマー車掌は手近の車室のドアをあけた。そこには小柄な男が葉巻を口にして一人でいた。この男の印象はなぜかよほど強く車掌の脳裏にやきついたものとみえて、あとになって彼はその男の人相なり風体《ふうてい》なりを明快に申したてている。年のころは三十四、五、灰いろがかった地の服を着て、日やけした赤ら顔は機敏そうで、鼻は尖《とが》っており、短かく刈った黒い顎《あご》ひげがあった。ドアを開けると、この男は顔をあげたが、すると背の高い男は片足をステップにかけたなりで、とまどった。

「これは喫煙車だな。つれの婦人がタバコはきらいだから……」

「わかりました。ではこちらへ！」といってジョン・パーマーはドアをパタンと閉めると、つぎの車室のドアを開けた。するとそこには先客が誰もいなかったので、黙って二人の乗客を押しこんだ。同時に発車合図の笛を吹き、列車は進行をはじめた。葉巻をくわえた客は窓から首をだして、前をすぎる車掌になにかいったが、その言葉は発車の際の騒音にまぎれて、車掌の耳にははいらなかった。パーマーは車掌室が流れてくるとそれに飛びのり、いまの些細《ささい》な出来ごとはすぐ忘れてしまった。

発車後十二分に、列車はウイルズデン乗換駅《のりかええき》に到着、ほんのちょっとだけ停車していったが、のちに切符を調べてみると、そのあいだに乗りこんだ客や降りた人は一人もないのがわかった。五時十二分に着いて、十四分にはもう発車していった。そして六時五十分にラグビーへ到着したが、これは五分の延着であった。

ラグビーでは一等車室のドアが一つ開けはなしになっているのが駅員の目にとまったので、その車室や付近を調べてみると、容易ならぬ事態になっていることが明らかになった。

黒い顎ひげがあって小柄で赤ら顔の客のいた喫煙室はからっぽになっていた。半分ばかりになった葉巻の吸いかけが落ちているほか、乗っていたはずの客は影も形もないのだった。この車室のほうはドアもしまっていた。となりの車室には、はじめそこのドアが開いているので駅員の注意をひいたのだが、アストラカン襟の男客もつれの若い婦人も姿をみせなかった。三人とも客は消えうせてしまったわけだ。これに反してあとの車室――背のたかい男と若い婦人の乗っていたほうだが――には流行服を着こみ上品な顔つきをした若い男が乗っていた。この男は両膝《りょうひざ》は引きよせ、頭を反対がわのドアにもたせかけ、片肘《かたひじ》を座席においていた。弾丸が心臓を貫ぬいているから、これは即死であったに違いない。こんな客が乗車するところを目撃したものは一人もないし、死体のポケットから切符はあらわれなかったし、下着類にはなんの記号もないし、身もとを知る手がかりになるような物は何一つ持っていなかった。いったい何もので、どこから来たのか、どうしてこんな最期《さいご》をとげることになったのかは、一時間半ばかりまえにウイルズデンを発車した時には二つの一等車室に乗っていた三人の男女はどうなったかと共《とも》に、解きがたい謎《なぞ》であった。

死体は身もとを知る手がかりとなる所持品は何も持っていなかったといった。だがじつは、当時ひどく問題になった一つの特徴があったにはあったのである。すなわちこの男のポケットから、合計六つもの高価な金時計が発見されたのだ。そのうち三つはチョッキのあちこちのポケットから、一つは上衣《うわぎ》のチケット・ポケットから、一つは同じく胸ポケットから、そして最後の一つは小さなやつで、革紐《かわひも》にはめて左の手首につけていた。これらの時計が六つともアメリカ製のもので、イギリスでは珍らしい型なところから、この男がスリに違いなく、これらはみんな盗品なのだという見えすいた説明も行なわれた。六つのうち三個にはロチェスター時計会社製のマークがはいっており、一つはエルミラ（訳注　アメリカのニューヨーク州にある工業都市）のメースン社製、一つは無銘、最後に革紐で手首につけた小さいのは宝石を使って立派に飾りたてたもので、ニューヨークのティファニー社製だった。そのほかポケットから出てきたものは、シェフィールド（訳注 この地名はイギリスにもアメリカにもあり、イギリスのは刃物産地として有名）のロジャーズ製のコルク栓抜きつきの象牙《ぞうげ》柄のナイフ、直径一インチばかりの小さな円形鏡、ライセアム劇場の再入場券が一枚、蠟《ろう》マッチのいっぱい詰まった銀の小箱、それに現金が二ポンド十四シリングあった。してみれば、この男が殺害された動機は何であるのかわからないが、物盗《ものと》りの犠牲になったのでないことだけは明らかだ。まえにも述べた通り、この男の新品らしい下着には、何の記号もなく、服にも服屋の名は入っていなかった。見たところまだ若くて、小柄でひげはなく、顔だちはきゃしゃであった。前歯に一本金冠のあるのが目だった。

この悲報に接すると、時をうつさず全乗客の人数、ならびにその切符が調べられた。その結果、三枚だけ行くえ不明の切符があったという。姿の見えなくなった三人の乗客に該当するものである。そこで急行列車は発車を許されたが、ジョン・パーマーは証人としてラグビー駅に留めおかれ、車掌には新しい男が乗りこんだ。ただし問題の二つの車室のある客車は切りはなされ、待避線にいれられた。そこへロンドン警視庁のヴェーン警部と、鉄道会社の専任探偵ヘンダースン氏が到着、あらゆる面にわたって綿密な捜査が行なわれた。

まず犯罪の行なわれたことは明らかである。服が少しも焦《こ》げていないところをみると、小さい短銃は単発か連発かわからないけれど、少し離れて射撃したものと思われる、車室内からはその短銃は発見されず（これは結局自殺説を否定するものだった）また背のたかい男の手にしていたのを車掌が目撃している茶いろの革鞄《かわかばん》も見あたらなかった。婦人客のもっていたパラソルだけは網棚《あみだな》のうえに残っていたが、それ以外にはあの乗客たちの痕跡《こんせき》は、どっちの車室にも一つも残っていなかった。犯罪の問題はしばらくおくとしても、あの三人の乗客が（しかもそのうち一人は婦人客なのだ）どのようにして無停車で疾走中のウイルズデン—ラグビー間で車外に去り、またべつの男が乗車できたのか？　この問題は当時ひどく世間の好奇心をそそり、ロンドンの新聞も大いに推測をたくましゅうしたものだった。

当局の取調べにあたって、車掌のジョン・パーマーは幾つかの手掛りとなる事実を申したてた。その供述によれば、トリング駅とチェディング駅との中間で、線路修理工事中のため、ほんの数分間であったけれど、列車は時速八マイルから十マイル以下に徐行した。その区間であれば男子が、いやとくに活潑《かっぱつ》な人であれば婦人でも、たいした怪我《けが》をすることなく列車からとび降りられたであろうというのだ。その区間に一団の線路工夫がいて、彼らが何も見なかったと証言したのも事実であるけれど、線路工夫は列車がくると隣の線路に立って退避するのが例だが、この場合客車のドアがあいていたのはその反対がわだった。したがって、そのころは夕やみもせまっていたことではあり、誰かがとび降りたとしても、工夫たちの目につかなかったということも考えられなくはない。線路はたかい土手の上にあるのだから、とび降りたとたんにそこを降りれば、いよいよもって工夫の目にはつかないことになる。

さらに車掌はつぎのようにも証言した。ウイルズデン乗換駅のプラットホームは相当に混雑していたけれど、この列車に乗り降りした客の一人もなかったのは確実だが、乗客のうちの誰かが車室をかえたのに気づかなかったということはあり得る。紳士が喫煙室で葉巻を吸いおわって、空気が濁ったのでべつの車室へ移るというようなことは、決して珍らしいことではない。かりにあの黒い顎ひげの男がウイルズデン駅でそれをやったとすれば(吸いのこりの葉巻がそこの床のうえに落ちていたのは、この仮定を裏づけているように思える)彼は当然最も近い車室へはいっていったであろうが、そこは姿のみえなくなった二人のいたところだ。こう考えてくると、この事件の前半はどうやら話の筋道がたってくる。しかしそれからどうなったのか、終末はいかにして起こったのか、車掌にも経験豊富な警部にも想像だにつかないのだった。

ウイルズデン駅とラグビー駅間の路線を綿密に調べたところ、事件に関係があるかないかわからないけれど、一つの発見があった。トリングといえば列車の徐行したところだが、そこの土手の下からひどく手ずれのしたポケット聖書が一冊発見されたのである。ロンドンの聖書協会出版のもので、巻頭に「ジョンからアリスへ、一八五六年一月十三日」と書きこみ、その下へ「ジェームズ、一八五九年七月四日」としるし、さらにその下へ「エドワード、一八六九年十一月一日」としてあった。みんな同じ筆跡である。これが警察の入手し得た手掛り——これが手掛りになるならば——の唯一《ゆいいつ》のものであった。そして検屍《けんし》法廷の下した「未知の一人または数人による殺人」という決定は、この奇怪な事件の不満足な結末であった。広告、賞金、探索はすべて徒労に帰した。その他捜査方針を確立するにたる資料は何一つ得られなかったのである。

しかしながら、これら諸事実を説明しさるに足る見解が一つもなかったとするのは早計である。それどころか、イギリス及びアメリカにおける新聞は、そのほとんどはわかりきった愚論であったけれど、さかんに各種の示唆《しさ》やら臆測《おくそく》を発表した。時計がみんなアメリカ製であるという事実と、前歯の一本が金冠になっているという著しい特性は、たとえ下着や服や靴《くつ》のるいはすべてイギリス製であるとはいえ、犠牲者がアメリカ市民であるのを示しているといえよう。一部には、その男は座席の下に隠れているのを発見され、ある理由で、おそらく罪の秘密を盗みきいたので、他の乗客に殺されたのではないかとするものもあった。なるほど無政府主義者その他の秘密結社の凶悪巧妙さに関連させて考えれば、この見解は他のどの説にも劣らず合理的だといえるであろう。

この男が切符をもっていなかったという事実は、隠れていたことと調和するし、無政府主義の宣伝にはしばしば婦人が主要な役を演ずることもよく知られた事実だ。一方にはまた、車掌の供述から、この男がそこへ隠れたのは、男女二人の客の乗りこむ以前でなければならないが、それでは共謀者たちが、すでにスパイの潜んでいる車室へ紛《まぎ》れこんだことになり、偶然にしてはあまりにも偶然だといわなければならない！　それにこの説明では、喫煙室にいた男客のことを忘れているし、その男が時を同じくして姿を消している問題を少しも説明していない。警察当局は、このような見解ですべての事実を説明し去ることの不可能なのを見破るのにあまり困難は感じなかったが、そうかといって、これに代る説明を試みるには証拠があまりにも乏しいのに悩んだ。

かかる折りしも、名ある犯罪研究家の署名いりの書簡が、デイリー・ガゼット紙に発表されたため、議論がかなり沸騰《ふっとう》した。それは少なくとも人に推挙するに足る巧妙さをもつ仮説を提出したものだったから、ここに紹介するには原文を引用するに越したことはないのである。

「事の真相はどうあるにもせよ、奇怪にして稀有《けう》の事実の偶合によって発生したものであることは疑いない。されば事件を説明するにあたって、かかる事柄を仮定するのを躊躇《ちゆうちよ》してはならない。資料なくしては事件の分析も、科学的調査もあったものではなく、綜合的《そうごうてき》な方法によって推論するしかないのである。要するに既知の事実を綜合して真相を究明するにはあらずして、事実と矛盾《むじゆん》せざるかぎり、想像力《そうぞうりよく》を駆使して事の真相を帰納するのである。かくすることにより、その後明らかとなることとあるべき新たなる事実と矛盾することなきやを検討するのである。そこに矛盾がなければ、仮定は一応正しきものと認められ、新事実の現われるごとにかく検討を加えゆけば、その仮説の確度は幾何級数的に増加し、仮定は断定となりゆくのである。

さて、今次事件においては、当然問題となるべきにもかかわらず、看過されている一つの事実がある。ハーロウ駅とキングズ・ラングリー駅間を走行する普通列車があるが、これは問題の急行列車に、線路工事のため時速八マイルに速度を落す付近で追越されることになっている。これら二列車は、かかるが故《ゆえ》に一時は、二つの平行路線上を同一方向に、ほぼ同速度で走っていたはずである。誰もが経験することであるが、かかる場合二列車の乗客はたがいに相手列車の乗客の顔を明瞭《めいりよう》に認知できる。急行列車のランプはウイルズデン駅で点灯され、各車室内の照明は十二分で、外部から車室内の様子は明瞭に見てとれたのである。

かくて、筆者が想定する本事件の経過をつぎに述べれば、異常に多くの時計を所持せる青年は、はじめ普通列車の一室に単独で乗車していたものである。乗車券、各種書類、手袋その他の所持品は、座右においていたものと仮定しよう。彼はおそらくアメリカ人であろうし、知性のあまりすぐれたものではあるまい。高価なものを数多く持っていたが、これはある種の精神病の初期の徴候である。

かくして自分の列車と同じ速度で（路線の特殊状況のため）走る急行列車を眺めているうち、ふと彼はそのなかに知りあいの乗客のいるのに気がついた。ここで便宜上その知りあいというのは、彼の愛していた女と憎むべき男だったとしてみよう。その相手の男のほうも彼を憎んでいたこともちろんである。彼は興奮しやすく、衝動的な男であった。そこで早速客車のドアをあけ、急行列車のステップに乗りうつってドアをあけ、その二人の乗客のいる車室へはいりこんだ。この離れわざも（二つの列車が同速で走行していたという仮定のもとに）決して局外者の考えるほどの危険はなかったのである。

かくして不穏の青年が乗車券もなしに、年配の男と若き婦人のいる車室へ躍りこんだとすれば、必ずや暴力ざたになったであろうこと、想像にかたくない。男女二人づれの客も同様にアメリカ人であろう。これは男のほうがピストルを持っていたことを思うと、いっそう確実味をます。イギリス人はピストルなぞあまり持ち歩かない。躍りこんだ青年が精神病の初期であったとする推定があたっているとすれば、彼が相手の男に暴力をふるったものと考えられる。争いの挙句、老人が青年を射殺したのち、婦人をつれて車外にのがれ去った。これらはきわめて短時間内に行なわれ、しかもそれは急行列車が徐行中のことであり、車外にとび降りるのに困難はなかったものとしよう。一時間八マイル程度の徐行中であれば、女でも安全にとび降りられるであろう。実際のところ、この女はたしかにそれをやってのけているのである。

つぎに喫煙車にいた男の始末をしなければならない。以上述べてきた推定に過誤なきものとして、この人物の存在は以上述べてきたところの結論に何らの変更を要求するものではないのである。筆者の見解によれば、この人物は青年が普通列車から急行列車へ乗りうつるのを認め、ドアを開ける音、ピストルの発射音を耳にし、かつ二人の人物が車外にとび降りるのを見届け、人殺しだと気づいて、直ちに自分も追跡のため飛び降りたのである。この男のその後の消息はなぜ不明のままであるのか——追跡中に死んでしまったのか、それとも、このほうが可能性がつよいが、途中でこれは自分の関知せざるところであると気づいて追跡を断念したか——は現在のところ説明の方途なき細目である。筆者はこの推論において、多少の説明困難な点があるのは認める。一見するに、かかる危急の場合において、殺人者が携帯品なる茶革鞄《ちゃかわかばん》を手にして逃走する如《ごと》きは信じがたいのであるが、鞄を残しておくとそれによって自己の身元が判別されるのを、彼はよく心得ていたのである。筆者のこの推論の成否は一つの点にかかっている。よって筆者は鉄道会社に向って、三月十八日ハーロウ駅とキングズ・ラングリー駅間の普通列車内に持主不明の乗車券が発見されたか否《いな》かを、厳重調査するよう要求するものである。もしかかる乗車券が発見されたときは、筆者の推論の正しかったことを立証するものである。乗車券が発見されなかったとしても、青年は無切符にて乗車したか、あるいはこれを紛失したものとも考えられるから、筆者の推論が成立せずということにはならないのである」

この精巧にしてもっともらしい所論にたいする警察ならびに鉄道会社がわの回答は、第一そのような切符は発見されなかったし、第二に普通列車が急行列車と並行して走行することはない。第三に、急行列車は普通列車がキングズ・ラングリー駅に停車中に、時速五十マイルの高速で通過していったというにあった。かくして唯一のこの名推理も崩壊してしまい、その後新らしい回答の得られないままに五年間が空《むな》しく経過したのである。ところがついに、この事件の各個の条件を満足させ、これを完全に解明する一つの供述がなされた。しかもこれは信ずべき確実性をそなえたものである。それはニューヨークからの書簡の形式をとり、さきに引用した犯罪研究家へあてたものであった。それを原文のままつぎに採録しよう。ただし冒頭の二小節のみは個人的性質のものだからここには省略する。

「まずこの手紙中の人名に必ずしも本名を使っていないことをお許し願いたい。母のまだ存命であった五年前に比して、その必要は軽減しているとは申せ、やはり自分たちの名や身分はできるだけ包んでおきたいのです。しかしながら自分としては、貴下に説明する義務があります。貴下の発表された推定は、たとえ誤っていたにもせよ、すばらしく巧妙なものであったからです。話をすっかりご了解ねがうために、少しく遡《さかのぼ》って申しあげなければなりません。

自分の一家はイギリスのバーミンガムシャーの出身で、一八五〇年代の初期にアメリカへ移住してきたものです。まずニューヨーク州のロチェスターに定住しました。自父はその地で織物生地類を手広く商い、二人の男児を儲けました。一人はかく申す自分ジェームズで、弟はエドワードと申しました。二人は十歳も年齢の差がありましたから、やがて父が他界しましてからは、エドワードにたいしては自分が親代りのような立場となりました。エドワードは頭のよい快活な少年で、また世にもまれな美貌《びぼう》をもっておりました。しかしそのかわり性格に弱い一面があって、その欠点はまるでチーズについたかびのように、大きくひろがる一方で、どうにも手がつけられなくなってゆきました。母もそのことはよく心得ていたのですけれど、矯正《きようせい》するどころか甘やかす一方でした。弟には誰でも無下には断りきれないような魅力があったからです。それでも自分としては何とかその点を矯正してやろうと努力しましたが、おかげで残念なことにすっかり憎まれてしまいました。

そのうちに弟のほうがすっかり強くなってしまいまして、自分たちの手におえなくなってきました。そしてニューヨークへ出てゆき、急激に堕落してゆきました。はじめのころはただの放蕩《ほうとう》だけでしたが、やがて悪事をするようになり、一、二年のうちにニューヨークでも札つきの若い悪党になりさがりました。そしてそのころにはスパロー・マッコイといって、いかさま勝負のさくらや偽札使《にせさつつか》い、無頼漢《ぶらいかん》などの首領をしている男と親しくなりました。一味はカード詐欺《さぎ》をしたり、ニューヨークでも一流のホテルに出入りしました。弟は芝居が上手で（彼にその気さえあったら、芝居のほうで名をなすこともできたでしょう）若いイギリス貴族に扮《ふん》してみたり、西部出の無邪気な青年になったり、またスパロー・マッコイの注文によっては大学生になったりもしていました。そのエドワードがある日女装したところ、それがすばらしい出来ばえなものですから、おとり役をみごとに果たし、のちには彼らお得意の手になっていました。それというのが、彼らは腐敗政治家や警察当局とさえよろしくやっていましたし、当時はまだレクソー委員会（訳注　クラレンス・レクソー（一八五二―一九一〇）の起したニューヨーク警察浄化運動のための組織）のできるまえでしたので、こわいものなしという状態で、うまい黒幕さえあれば、何でも思いのままのことができた時代だったのです。

ですから二人がニューヨークに踏みとどまって、カード賭博《とばく》だけで我慢していれば、何も問題はなかったのですが、あるときどうしてもロチェスターの町へゆかなければならなくなり、そこで小切手に偽名を使ったのが暴露しました。実際にそれをやったのは弟でしたが、スパロー・マッコイの感化でやったのはみなの知るところです。自分はその小切手を買いとってやりましたが、かなり高いものにつきました。それから弟に会いにゆき、その小切手をつきつけて、もしアメリカ国外へ去らないなら、このことを当局に訴えるぞときめつけてやりました。はじめ弟はただ笑うだけで、兄さんにそんなことができるものか、すれば母さんが悲嘆にくれるだけだとうそぶきました。自分にできることではないと多寡《たか》を括《くく》っていたのですが、自分はどっちみち母さんは悲嘆にくれているのだ、自分としてもニューヨークのホテルでごろごろしていられるよりは、ロチェスターの刑務所入りをしてくれたほうがましだと、かたく決心をしているのだといって聞かせました。するとさすがの弟も降参して、以後必ずスパロー・マッコイとは手をきること、ヨーロッパへも渡るし、真面目《まじめ》な仕事を世話してくれれば、どんなものであっても一心にそれに励むと、かたく誓いました。そこで自分はすぐに、家庭的にも友人であるジョー・ウイルスンといって、アメリカ時計の輸出商のところへ弟をつれてゆき、小額の給料と総売上げの十五パーセントを手数料に貰《もら》うという条件で、ロンドンの代理店をやらせてもらえまいかと頼みこみました。見かけはよいし態度も立派なので、その場で老人の気にいって採用されることになり、一週間ばかりのうちに弟は見本のいっぱい詰まったケースをもってロンドンへ旅だってゆきました。

あの小切手問題には弟も胆《きも》をつぶしたらしく、どうやら真面目な生活に身をかためそうに思われました。そのまえに母親とも話しあいましたから、彼女の感化もあったことでしょう。何しろあんなにやさしい母親はなかったし、母にとってはいつも苦労のたねだったのですからね。しかし一方にあのスパロー・マッコイという男の影響力も恐るべきものがあるので、弟を更生させうる機会は一にかかって彼ときっぱり手を切らすことにあると自分は考えました。そのころ自分はニューヨーク警察の刑事に知人がありましたので、その男に頼んでマッコイを監視していました。すると弟の船が出帆して二週間もたたぬうちに、マッコイがエトルリア号に船室を予約したとの情報に接しました。これは弟をまるめこんで連れ戻し、もと通り悪の道へ誘いこむためにイギリスへ渡るつもりなのが、本人の口から聞いたように自分には判然としています。そこで自分もいっしょにイギリスへ渡って、エドワードをマッコイの手から救いだそうと即座に決心しました。この勝負はこっちに分《ぶ》のないのはわかっていましたけれど、そうするのが義務だと自分も思い、母の意見でもあったのです。出帆の前夜は、母と二人で成功を神に祈りあかしましたが、そのとき母はイギリスで結婚した日に父から与えられたという聖書を自分によこして、道中肌身《はだみ》はなさず持ってゆくようにと申しました。

船はスパロー・マッコイといっしょでした。この航海中に彼の小さな仕事をつまずかせてやったことは、何とも痛快でした。乗船したその晩に喫煙室へ出てみますとマッコイのやつ、テーブルの上座におさまって、頭はからっぽのくせに懐中《ふところ》だけは暖かいというヨーロッパゆきの若ものを五、六人も集めているじゃありませんか。カードのインチキ賭博《とばく》でひと儲《もう》けしようというところでしょう。だがそうはさせませんよ。『みなさん、みなさんは誰を相手にしているか知っているのですか?』と割ってはいってやりました。

するとマッコイのやつすごみ文句をならべて食ってかかってきました。

『それが君にどう関係があるんだ？　余計なお世話じゃないか！』

『するといったい誰なんだね？』観光客の一人がたずねました。

『スパロー・マッコイといって、これはアメリカきってのカードぺてん師なのさ』

これを聞くとマッコイのやつ、いきなり罎《びん》を片手に立ちあがりはしましたけれど、ここは秩序正しく法律の厳正なイギリス国旗のもとであり、ニューヨークの腐敗政治家の力の及ばぬところなのに気がつきました。暴力や殺人には牢獄《ろうごく》なり絞首台《こうしゅだい》なりが待っているだけであり、裏口から逃げるにしても、大洋を走る船のうえではどうにもなりません。

『そんなことといったって、証拠があるか？』

『あるとも！』すぐやり返してやりました。『そのシャツの右袖《そで》を肩までまくってみろ。それで何か出てこなかったら、何とでもしてもらおう』

マッコイのやつ一言もなく、まっ青になってしまいました。じつはね、こっちはあいつの遣《や》りかたをいくらか知っているのです。あいつらぺてん師の一味は肩からゴム紐《ひも》をさげてその先にクリップをつけ、それを手首のところへさげているのです。そしてそのクリップを使って、手のうちの不用のカードを袖のなかへ取りこみ、ほかの隠し場所からべつのカードを出して使うのです。それで指摘してやったのですが、果してその通りでした。マッコイは悪態をついて、こそこそと出ていってしまいましたが、それっきり航海中はほとんど姿も見せなくなりました。こうしてとにかくここで一発スパロー・マッコイのやつに恨みをはらしてやったわけです。

しかしその報いはすぐに返ってきました。というのは、弟に対する影響力の点にかけては、いつでもあいつのほうが勝《まさ》っていたからです。ロンドンへ行ったエドワードは、はじめの数週間こそおとなしくして、アメリカ時計の商売も少しはやっていましたが、それもこのならず者にめぐりあうまでのことでした。自分としては全力をつくしたつもりですが、結果としては何の役にもたちませんでした。つぎに自分の耳にしたのは、ノーザンバランド街のあるホテルで意外な不正事件のあったということです。一人の旅行者が、二人組のいかさまカード賭博《とばく》にかかって大金をまきあげられ、事件はロンドン警視庁の手にかかっているというのです。はじめ夕刊で知ったのですが、弟とマッコイがまた例の手を使いだしたのだとすぐにわかりました。それで弟の下宿さきへ駆けつけてみますと、弟は背のたかい紳士といっしょに（それがマッコイであることは明らかです）荷物をまとめて出ていったとのことです。そのとき下宿の主婦《おかみ》が、出発のとき二人が御者に命じている言葉を耳にしたが、その最後にユーストン駅の一語のあったこと、背の高いほうの紳士がマンチェスターがどうしたとかいったのを耳にはさんだと教えてくれました。二人の行きさきの話にちがいないというのです。

汽車の時刻表をひろげてみますと、四時三十五分発というのがあって、あるいはそれに乗ったかもしれませんが、もっとも有望だと思われるのは五時発の列車です。今からでは五時のにしか間にあいませんが、行ってみますと駅にも列車内にも姿はありませんでした。四時三十五分のでいったにちがいないと思いましたが、マンチェスターでホテルを捜してみるしかあるまいと心に決しました。そして捜しあてたら母の恩を説き聞かせて、最後の説得を試みたら、今からでも改心させることができないものでもなかろうというわけです。何しろ神経が緊張しすぎていますので、それをほぐそうと葉巻に火をつけました。するとそのとき、列車は発車しかけていましたが、車室のドアが大きくあいて、マッコイと弟がプラットホームにいるのに気がつきました。

二人とも変装していましたが、無理もないことで、二人はロンドン警察に追われている身ですものね。マッコイは大きなアストラカン皮の襟《えり》をたてて、眼と鼻だけしか見えません。弟は女装して黒いヴェールで顔の半分を隠していましたけれど、こっちはそんなことでごまかされやしません。たとえ弟がまえからそれをやっていたのを知らなかったとしても、同じことです。はっとして立ちあがると、マッコイのやつもこっちに気がつきました。そうして何かいいましたが、そのとき車掌がバタンとドアを閉め、となりの車室に案内しました。自分は何とかして列車をとめようと思いましたが、もう車は動きはじめていましたので、手おくれでした。

ウイルズデン駅で停車すると、自分はすぐに車室をかえました。それは意外でも何でもなく、そのときプラットホームは込みあっていたのですから、車室をかえたのは誰も気づかなかった模様です。マッコイはもちろんそれを予期していたらしく、それに備えてユーストン駅からウイルズデンまでのあいだに、弟の気がかわらないように、自分に対抗させるように口説《くど》いたものとみえます。この時ほど頑固《がんこ》に動かしがたい弟を見たことがありませんから、そうに違いないと睨《にら》んだのです。自分はくり返しくり返し弟を口説きました。イギリスの牢獄《ろうごく》にはいるようになるだろうこと、その報《し》らせを持ち帰ったときの母の悲嘆、その他心の琴線にふれそうなありとあらゆることを持ちだして口説いたのですが、いっこうに効果はあがりませんでした。弟はその美しい顔に嘲笑《ちようしよう》をうかべて、じっと坐《すわ》って聞いているだけ、そのあいだスパロー・マッコイはちらっちらっと侮辱的な視線をむけたり、弟の決心を勇気づけるような言葉をはさんだりしています。

『なぜ日曜学校へやらないのかね？』というかと思うと、すぐその下から弟に向って、

『君の兄貴は君には意志というものがないと思っているんだぜ。ほんの赤ん坊で、自分の思うままにどうにでもなるかと思っているんだ。ところがそうはいかない。お前だって立派に一人前の男だということが、どうやらわかりかけたらしいて』そんな騒ぎで、こんな彼の言葉にこっちもかっとなって、つい乱暴な言葉も出ます。こっちもつい時間をとったので、列車はいつしかウイルズデンを発車していました。こっちもつい取り乱してしまいました。生れてはじめて自分にも激しい半面のあるのを弟に見せてしまったのです。あるいはもっと前から、そしてしばしばそれを見せておけばよかったのかもしれません。

『一人前の男だって！　ふん、それを保証してくれる友だちがあるとは結構なことだ。まず誰が見てもお前は寄宿学校のお茶っぴいなんだからな。いいか、お前みたいに人形にエプロンをつけたようなやつは、イギリス中さがしたって、どこにもいやしないぞ』といってやると、弟のやつまっ赤になりゃがったが、やつはとても見栄坊《みえぼう》なので、罵倒《ばとう》されてたじろいだのです。

『これは塵《ちり》よけに着てるんだ』といって彼はエプロンをはずし、『ポリ公をまかなきゃならないやね。ほかに方法なんかありゃしないよ』とトーク帽とそれについたヴェールもとりさって、それを茶革の鞄《かばん》のなかへおしこみました。『どうせ車掌のまわってくるまでは、こんなものいりゃしないんだ』『そんならこんなものも』と自分はその鞄をとって力まかせに窓のそとへ放《ほう》りだしてやりました。『いるもんか！　さあ、おれのついているかぎり、女になんかさせちゃおかないぞ。変装しなきゃ監獄《かんごく》ゆきはのがれられないというなら、さっさと監獄へゆくさ』

これが弟を扱うのに最《もっと》もよい方法だったのです。これで勝ったぞと思いました。弟は気の弱いやつですから、下手《したて》に出ないで、乱暴に押さえつければ、屈服するにきまっているのです。弟は恥かしそうに顔を赤らめ、眼には涙をいっぱいためていましたが、マッコイのほうも形勢非なりとみて、盛りかえそうと決しましたか、『これはおれの相棒なんだ。あんまりいじめないでもらいてえ』いきなりこう喚《わめ》きたてました。

『こっちにしてみりゃ肉親の弟だ。お前なんかに堕落させられてたまるか』こっちもやり返してやりました。『お前らの仲をさくには、監獄へいってくるのが一番の近道だ。どうせそうなるに決っている。そうなったからっておれのせいじゃないぞ』『うむ、さては密告する気だな？』と叫ぶと、マッコイのやつすばやくピストルをとりだしましたので、すぐその手へ飛びつきましたが、もう遅いとみてとっさに横ちょへ飛びすさりました。同時にマッコイが引金をひきましたので、自分にあたるはずだった弾丸《たま》はかわいそうに弟の心臓を射ぬいてしまいました。

弟は声もたてずにその場へ倒れてしまいました。二人とも驚いてしまって、両がわからその場へひざをつき、何とか命をとりとめることはできないものかと、気が気じゃありません。マッコイはそのときまだ弾丸《たま》のこめてあるピストルを片手にしていましたが、この突然の悲劇のためさしあたりお互の憎しみを忘れていましたのです。そこにはっと気のついたのはマッコイのほうです。そのとき列車はどうしたものか、ひどく速度をおとしていました。そこでやつは逃げるなら今のうちだと思ったのでしょう。ぱっと飛びついて車室のドアをあけましたが、こっちも負けてやしません。いきなり躍りかかってあいつに抱きついてやりまして、そのまま二人は組みあったなりでステップから足をふみはずし、急傾斜の土手をころげ落ちてゆきました。そして土手の下で自分は石に頭をぶっつけ、そのまま気を失ってしまいました。気がついてみると、線路からあまり離れていないところで、あまり長くない草のなかに倒れていて、誰かにぬれたハンカチで頭を冷されていました。みるとスパロー・マッコイではありませんか。

『どうも見すててもゆかれないのでね』マッコイはこう申します。『一日のうちに弟を殺したばかりか、兄まで死なす気にはなれなかったよ。君が弟を愛していたのはよくわかっているが、その点はおれだって決して負けやしなかった。おれの可愛《かわい》がりかたは変だったというだろうがね。とにかくこうしてエドワードのやつに死なれてみると、世のなかがすっかり味けなくなってきたから、おれを絞首台へ送ろうとどうしようと、好きにしてもらいてえ』

マッコイは転げおちる拍子に足首を捻挫《ねんざ》していました。それで二人は、歩けない足をもてあましたのと、ずきずき痛む頭をかかえたのと、そこへ坐《すわ》ったなりで長いこと話しあっていましたが、そのうち苦《にが》にがしさが次第にうすらいでくると、同情めいた気持がうかんできました。弟の死をこっちに劣らずこうも悲しんでくれているこの男に、復讐《ふくしゅう》してみても何になろう？　それに気がしずまるにつれて、この男をどうかすれば、その跳ねかえりは必ず母や自分の身にかかってくるのだと気がつきました。弟の恥ずかしい前歴を公表することなしに――それこそこっちのもっとも避けたいことなのですが――どうしてマッコイのやつを処刑することができましょう？　事を内密にしておくことは、マッコイばかりでなく、こっちも大いに望むところなのです。罪をこらしめるどころか、これでは正義に矢をむける身になり下がってしまいました。

それまで二人の坐っていた場所は、ふるいイギリスにはどこにでも見られる雉《きじ》の狩猟地の一つで、いっしょにそこをかいくぐって歩きながら、どうしたらこの事件を隠しとおせるかと、自分は現在弟を殺した男に相談をもちかける始末でした。

マッコイの話から、弟のポケットにこっちの知らない書類でもはいっていない限り、警察が弟の身許《みもと》をつきとめたり、どうしてあの列車に乗りこんでいたかを知る方法は絶対にないのがすぐにわかりました。乗車券はマッコイのポケットにありますし、駅であずけてきた二、三の荷物の引き換え証も同様です。多くのアメリカ人の常として、弟も身のまわり品はニューヨークから持ってくるよりも、ロンドンで買ったほうが安あがりでもあり便利だと知っていたので、下着や服の類《たぐい》はいずれも新品で、何の印《しるし》もはいっていないとのことでした。窓から放りだした鞄《かばん》にしてもダスター・コートが入っていたのですが、どこかの草むらにころがってそのままになっているか、それとも浮浪者にでも拾われていったか、あるいは警察の手におちながら公表されないでいるのか、それはわかりません。いずれにしてもそれについてロンドンの新聞には何も出ていません。たくさんの時計のことですが、あれは商売用として弟の託されていたものの一部でした。弟はほんとうの商用のためマンチェスターへ持ってゆこうとしたものか、それは、いや、そんな詮索《せんさく》をしてみたって、今さらはじまりません。

この事件での警察の無能を責めようとは思いません。じっさいあれよりほかに方法があったろうとも思いません。そうはいうものの、あれを追求していたらと思われる一つの手掛りが、小さいながらあったにはあったのです。ほかでもない弟のポケットから出てきた小さな丸い鏡のことです。あんなものを若い男が持ち歩くのは決して普通じゃありますまい。しかし賭博師《とばくし》にきいてみれば、カードのいかさま賭博師にとって、それが何を意味するかを教えてくれましょう。テーブルから少しさがって坐り、膝《ひざ》のうえにこの鏡の表をだしておいていれば、相手にくばる札が残らず見えてしまいます。相手の手のうちがわかっていれば、勝負に応ずべきか、あくまでも張りあってゆくべきかは、容易にわかります。これはスパロー・マッコイの腕にあったクリップつきのゴム紐《ひも》と同じに、いかさまカード師にとっては大切な道具なのです。ですから当局がこのことと、最近あちこちのホテルで起こったいかさま賭博とを結びつけて考えていたら、事件の一端を摑《つか》むこともできたろうにと思うのです。

これで申しあげることはほとんどなくなりました。その晩のうちに二人は、徒歩旅行を楽しんでいる紳士という触れこみでアマースハムという村へたどりつき、早々にそっとロンドンへ引きあげましたが、そこからマッコイはカイロへ行くし、自分はニューヨークへ帰ってきました。それから六カ月後に母が亡《な》くなりましたが、最期《さいご》まで何も知らずじまいだったのは何よりでした。そしてエドワードはロンドンで正直な生活を送っているものとばかり思いこんでいましたし、自分としても真相を教える気なんか起こりませんでした。エドワードは手紙をよこしたことのない男ですから、こんどだって母はそのことを少しも気にしていませんでした。母は弟の名を口にしながら息をひきとりました。

最後に一つだけあなたさまにお願いがあります。勝手な申しぶんですけれど、真相をお知らせするこの説明へのお返しとして、それをお願いいたしたいのです。あなたは土手の下で聖書の発見されたことをご記憶でございましょう。あれは常に自分が内ポケットに忍ばせていた品ですが、転落したとき零《こぼ》れ出たものに違いありません。自分や弟の生れたとき父の筆によってそのことを巻頭に書きこんである家庭用聖書でして、自分にとってはきわめて大切なものなのです。どうか然《しか》るべき筋に申請してあれをご入手、自分あてにお送りねがいたいのです。他人にとっては何ら価値あるものとも思えません。ニューヨーク市ブロードウェイ街バサノ図書館内X《エクス》あてにお送り下されば、まちがいなく自分の手にはいることになっております」

漆器の箱

じつに奇妙な経験でしたね、と家庭教師がいった。人生にはどうかすると怪奇な、気まぐれなことがあるものですが、あれもその一つでした。そのため私は、一生つづけたいと思っていたすばらしい仕事の地位を失なってしまいました。それでもソープ屋敷へ行ったことだけは喜んでいます。何といってもそのために——いや、そのために何を得たかは、この話を聞いて下さればだんだんわかってきましょう。

ミッドランド地方のうち、エイヴォン河の流域にあなたがお詳しいかどうか知りませんが、あのへんはイギリス国内でももっともイギリスらしい地域です。人類の花ともいうべきシェークスピアの生れたのも、この地域の中心です。なだらかな牧場地帯で、西へゆくにつれて高く、やがて隆起してモルヴァーンの高原になります。大きな都市はありませんが、それぞれ灰いろのノルマン風の教会のある村はたくさん散在しています。煉瓦《れんが》づくりの多い南部や東部地方をあとに、この地方へ来てみるとあらゆるものが石造です。塀《へい》も石なら屋根もこけむした石板というわけ、どっちを見てもきびしくがっちりと重《おも》おもしく、この大帝国の中心にふさわしくできています。

この地帯の中心地方でイーヴシャムの町から遠くないソープ屋敷という、父祖伝来の古い家にサー・ジョン・バラモアという人が住んでいましたが、その人の二人の幼ない令息の家庭教師に私が住みこんだのです。サー・ジョンは独身で——奥がたは三年前になくなったのです——あとに十と八つになる二人の幼ない子息と、七つの令嬢とを残されました。令嬢のほうにはウイザトン嬢——これは現在私の妻になっていますが——という家庭教師がついていましたから、私は二人の令息の係りになったわけです。婚約をむすぶとすれば、これほど見えすいた序曲がありましょうか？　今では彼女が私を支配し、私は私で自分たちの息子二人の家庭教師というわけです。おや、それはそれとして、ソープ屋敷へいった私がそこで何を獲得したか、早くもしゃべってしまいましたね。

屋敷は古い、とても古い家でした。一部にはノルマンの征服（訳注 一〇六六年）以前の建築になるものも残っています。バラモア一家は征服されるずっと前から代々そこに住んできたのだと威張《いば》っていました。はじめて行ったときは、とてつもなく厚い灰いろの塀や崩れかかった粗雑な石、年代をへた建物の腐りかけた漆喰《しっくい》から発散する病獣のような臭気に、ゾッとするものを感じました。それでもあとから建て増した棟《むね》は明るく、庭も手入れがゆき届いておりました。家のなかに美しい娘がおり、前庭にバラが咲きそろっていれば、どんな家でも陰気に感じはしないものですね。

召使のほうはちゃんと手がそろっているのに、私たちのほうはたった四人だけという小人数でした。すなわち当時二十四歳の美しいウイザトン――いまコルモア夫人となっても、彼女はあい変らず美しいですがね。それに当時三十歳の私、つまりフランク・コルモア。そっけなく無口な家政婦スティーヴンズ夫人、そしてバラモア家の土地の管理をしているリチャーズという背のたかい軍人風の男の四人でした。私たち四人はいつもそろって食事をしましたが、サー・ジョン・バラモアはたいてい書斎で単独でされました。ときには私たちのテーブルに加わることもありましたが、私たちとしてはどっちかといえば、そうでないほうがありがたかったのです。

というのは、サー・ジョンはひどく恐ろしい人だったからです。まあ考えてみて下さい、背たけが六フィート三インチ、がっしりした体格で鼻のたかい貴族的な顔だち、とら毛の頭、もじゃもじゃの眉毛《まゆげ》、物語りに出てくる悪魔のように先《さき》のとがった小さな顎《あご》ひげ、額や眼のふちにはまるでペンナイフで彫りつけたような深い皺《しわ》のある紳士を。それに眼は灰いろですが、疲れはてた絶望的な、それでいて誇りたかく感傷的でさえあり、他人の同情に訴えながら、しかもあえてそれを許さないという眼差《まなざ》しです。読書のため背なかは曲っていますが、それさえなかったらあの年ごろ――五十五歳くらいでしょう――の紳士としては、女も振りかえりたくなる美しい風貌《ふうぼう》でした。とはいうものの、サー・ジョンは決して愉快な存在ではなかったのです。いつでも礼儀正しく、態度もきわめて洗練されているくせに、妙に口数が少なく引込みがちでした。いっしょに長く暮らしていながら、その人についてあんなに何も知らなかったことはありません。家にいるときは「東の塔」にある小さな書斎にはいっているか、さもなければ新しく増築した図書室にいるかで、毎日の生活が判で押したようで、何《なん》時《じ》にはどこにいると、いつでもはっきり答えられるくらいでした。一日に二度ずつ書斎へはいりますが、一度は朝食のあとで、夜の十時にもう一度です。重い大きなドアをばたんと閉める音で時計の針を合せられるくらいです。そのほかの時間は、昼間なら図書室にこもっているのですが、そのあいだに午後の一、二時間を散歩か乗馬ですごす、それもほかのときと同じに一人っきりなのです。子供たちはかわいがりました。とりわけ勉学の進歩にはふかい関心があったようですが、子供たちのほうではむっつりして、眉のもじゃもじゃなのが少し恐《こわ》いらしく、なるべく避けるようにしていました。まったく私たちみんながそうでした。

私がサー・ジョン・バラモアの生活についていくらか知るまでには、かなりの日数を要しました。家政婦のスティーヴンズ夫人にしても、土地の管理をしていたリチャーズ君にしても、忠実すぎて主人の陰口など容易にきかなかったからです。女家庭教師のほうはというと、これも私と同様で何も知ってはいなかったし、共通の興味はといえばべつにあって、それがため二人は引きよせられていったのです。しかしついに、ある出来ごとのためリチャーズ君と親しくなり、それがため主人の人となりをよく知るにいたりました。

このことの直接の原因は、私の教え子のうち年少のパーシー君が水車場の流れに落ちこんで、助けようと飛びこんだ私もろとも、すんでのことに命を落すところだったことにあります。ずぶ濡《ぬ》れになったうえ疲れきって――私のほうがはるかに疲れていたからですが――部屋へはいろうとしますと、騒ぎを聞きつけたサー・ジョンが、小さな書斎のドアをあけて、何ごとが起こったのかと私に尋ねました。そこで私はあらましの事を話し、令息は助かったのだからもう心配はないのだと申しますと、しかめ面《つら》をして聞いていましたが、そのきつい眼つきや堅くむすんだ口もとには、内心の動揺をおし殺しているのがわかりました。

「待って下さい！　こちらへはいりたまえ！　詳しい話が聞きたい」サー・ジョンは

開けてあったドアのなかへはいりながら、こういいました。

そういうわけで私はその小さな私室へ初めて踏みこんだのです。あとで聞けば、過ぐる三年間掃除《そうじ》の老婦以外には誰ひとりそこへはいった者はないのだそうです。そこは塔のなかの一室ですが、塔なりに円形をなした天井の低い部屋で、窓といっては蔦《つた》のからんだ狭いのが一つあるだけ、家具の類《たぐい》も簡素なものでした。ふるびたカーペットに椅子《いす》テーブルが一つずつ、それに小さな本棚《ほんだな》が一つあるだけです。テーブルのうえには等身大の女の写真が一枚立ててありました。どんな顔だちだったか特に注意はしませんでしたが、何となく上品な淑《しと》やかさをたたえているという印象をうけました。そのそばに大きな黒い漆器の箱と、ゴム紐《ひも》でからげた手紙だか何かの書類だかが一、二束《たば》おいてありました。

話はすぐにすみました。それというのもサー・ジョン・バラモアが私のずぶ濡れになっているのを知って、すぐに着がえしなければと見たからです。しかしこの事件のおかげで、今までに一度もこの部屋へはいったことのない管理人のリチャーズ君と、有益な話をすることができました。その午後彼は早速好奇心にみちて私のところへやってきました。そして二人の子供たちが芝生でテニスに興じているそばで、私たちは庭の小路《こみち》を行ったり来たりしながら話をしたのでした。

「あなたはまったく気がついておられないでしょうが、今日は例外的な好意をお受けになったのですよ」という話です。「あのお部屋はそれほど神秘にとざされてきたのです。サー・ジョンがあんまりきちんきちんとおはいりになるので、家《うち》のなかではあのお部屋に関して迷信に近い感じさえ抱《いだ》くほどになっています。ちかごろ家のなかに流れている風説、あのお部屋には正体のしれぬ客が訪ねてくるらしいこと、召使のなかにあのお部屋から人声の漏れるのを聞いたものがあるとか、そういう話を申しあげたら、あなただってサー・ジョンが昔の生活に逆もどりなすったのではないかとお思いにならないとも申せますまい」

「昔の生活に逆もどりとは何が？」と私がきくと、リチャーズは驚いて私を見かえし、

「おや、サー・ジョン・バラモアの前歴をあなたはご存じなかったのですか？」

「全然知りませんね」

「これは驚きました。イギリス人だったら誰でもあの人の前身を知らないものはあるまいと思っていましたがねえ。今ではあなたもこの家の一員なのですし、私が黙っていても、誰かの口からもっと悪い話しかたでお耳に入るといけませんから申すのですが、あなたはもちろん『悪魔』のバラモア家だと承知のうえで、この家へ来られたものとばかり思っていましたよ」

「悪魔のバラモアとは何のことです?」

「あなたはまだお若いし、世の移りかわりは早いですからねえ。二十年まえに『悪魔』のバラモアといえば、ロンドンで誰知らぬものはなかったのですよ。放蕩《ほうとう》はする喧嘩《けんか》はする、御者、博打《ばくち》うち、酔っぱらいなどの先導者——つまり昔風の極道《ごくどう》ものの生きのこりですよ。それも手におえない口でした」

私は驚きあきれて彼の顔を見つめるばかりでした。

「何という! あのもの静かで勉強ずきな、さびしそうな顔をした人がですか?」

「わが国第一のやくざな道楽ものですよ! コルモアさん、これはこの場かぎりの話ですよ。それにしてもこれで、あのお部屋で女の声が聞こえたというだけで、みんなが怪しがると申しあげた訳がおわかりになるでしょう?」

「しかし、どうしてそんなに人が変ったのでしょう?」

「それはあのかわいいベリル・クレアさん、あの婦人が進んで奥さんになってからですよ。あれが転機になりました。当時サー・ジョンは乱行がすぎて、破滅する一歩手前だったのです。男が酒を飲むのと、酒に飲まれるのとでは、天地のちがいがありま す。あの連中はみな酒は飲みますが、飲んだくれるのは禁物になっています。サー・ジョンは酒の奴隷《どれい》になり、そこから抜け出る望みはありませんでした。そこへ現われたのが彼女です。いまは難破しかかっているが、本来はりっぱな人物と見こんで、ベリルさんは敢《あ》えてサー・ジョンとの結婚に踏みきったのです。この人は意外にりっぱな人なのかもしれないから、男らしく上品な人に更生させることに、自分の生涯を打ちこもうと決心したのです。もうお気づきかもしれませんが、この家にはお酒が少しもおいてありません。ベリルさんが当家の敷居をまたいでから、ずっとそうなのです。酒の一滴は今でも当家では虎《とら》に血を見せるのと同じに考えられているのです」

「では今もって奥方の感化力が持ちこたえているわけですか?」

「さあ、そこが不思議でならないのですよ。三年まえに奥さんが亡《な》くなられましたとき、これでサー・ジョンは昔の生活に転落されるのではないかと、私たちは危惧《きぐ》したものです。奥さん自身にしてもそれが心配で、それを思うと死んでも死にきれないほどだったのです。サー・ジョンにとっては守り神だったのですし、奥さんとしてはそれが生きる目的だったのですからね。ところであなたはあのお部屋に黒い漆器の箱のあったのを見ていませんか?」

「ありましたね」

「あれには奥さんの手紙がはいっているのだと思いますよ。もしどこかへ泊ってくることでもあれば、たった一晩の場合でも、あの黒い箱だけは必ず持っておいでになります。いや、コルモアさん、言ってはならないことまで喋《しゃべ》ってしまったようですな。ですがあなたも、なにか面白いことを知ったら、ぜひ私にも教えて下さいよ」

この立派な人物は好奇心で身も細る思いであり、私という新参ものがあの開かずの部屋へ一歩さきにはいったのが少し癪《しゃく》なのでしょう。しかしその事実は私を見なおすことになり、それからというもの何かと打ちあけた話をするようになりました。

さてこうなってくると、あのむっつりとして大柄なサー・ジョンを私はますます興味をもって眺めるようになりました。心労にやつれて深い皺《しわ》をきざんだ顔に、眼つきだけが妙にまともな人間らしさをたたえているのも理解されてきました。これは、すきあらば襲いかからんものと狙《ねら》いつづけている恐るべき敵手、一たび爪《つめ》をたてられたら心身ともに亡《ほろ》ぼされるにきまっている恐るべき仇敵《きゅうてき》を相手に、摑《つか》みかかった手をぐっと伸ばして、昼も夜も休みなく戦いつづけている人なのです。廊下や庭を歩いている、不気味に背の曲った姿を見ていると、私はこのさし迫った危険が肉体的な形をとって現われそうな気がしたり、またあらゆる悪魔のうちでもっとも忌《い》むべきものが、現にサー・ジョンの身ぢかに忍びよって、半ば野性の獣類が飼主の身のまわりにつきまとうように、隙《すき》あらば襲いかかって喉《のど》もとへ喰《くら》いつかんものと狙っているようにも思えたのでした。また私は、その一生を捧《ささ》げてこの危険から夫を守りとおしてきた今は亡き夫人の姿も、ありありとこの眼で見る思いがしました。それは両手をあげて愛する夫の前に立ちふさがるうつろな、それでいて美しいまぼろしでした。

サー・ジョンにたいする私の同情は、不思議と見ぬかれ、感謝の気持を一流の無言のうちに示しました。一度など午後の散歩に私をさそってくれたことがありました。この時も一言も言葉を交しはしなかったとはいえ、これなど今まで誰にもみせたことのない信頼を、私によせてくれたことの証拠だと思います。またあるとき私に図書の整理（個人のものとしてはイギリスでも最良のものだと思いますが）を命じたことがあります。私は幾晩もかかって、話こそ交しませんでしたが、サー・ジョンが机によって読書しているそばで、窓のところの引っこんだ一隅に席をしめて、無秩序になっている図書の整理にあたりました。こんなに親しくなったにも拘《かか》わらず、そのとき以後は一度も塔の部屋へは入れられませんでした。

そしてそれから私に感情の急変がきました。ふとした出来ごとから、すべての同情は嫌悪《けんお》になり、主人は話に聞く昔の状態と同じどころか、偽善という悪徳さえ加わってきたと思うようになったのです。その出来ごとというのはこうです。

ある晩ウイザトン嬢はブロードウエイという隣村での慈善音楽会にコンサートの歌手として出演しましたが、帰りは夜のことですから、約束に従って私が迎えにゆきました。門から屋敷へはいる道は東の塔の下をめぐっているのですが、見ると例の丸い部屋には灯火《あかり》がともっています。夏の夜のことで、たった一つの窓は、私たちの頭より少し高いところにあるのですが、開け放ってあります。ちょうどそのとき私たちは話に夢中になって、塔をめぐる芝生のうえで偶然ちょっと立ちどまったのです。するとそのとき不意に話の腰を折られ、そっちへ注意を奪われてしまいました。

話の腰を折ったのは話し声——それもまぎれもなく女の声でした。ごく低い声で、あたりの静かな夜のことですからどうやら聞こえたのですが、いくら低い声だとはいっても、まぎれもない女性の音いろでした。早口にあえぐように二言《ふたこと》三言《みこと》何かいうと黙ってしまう——悲しげな、息もたえそうな、哀願するような調子です。ウイザトン嬢と私は立ったなりでちょっと顔を見あわせましたが、そのまま玄関のほうへと急ぎました。

「あれは窓から漏れてきましたね」と私がいうと、

「立ち聴きの役をつとめてはなりません。聞いたことなんか忘れてしまわなければ」と答えた彼女の調子には驚いたという様子が少しもみえません。それで思わず、

「あなたは初めてではないのですね?」と申しますと、

「だってしようがありませんわ。私の部屋は同じ塔のなかの、あそこより高いところ

にあるのですもの。聞こえるのはしょっちゅうですわ」

「あの女は何ものでしょう?」

「わかりませんわ。そんな話もうよしましょうよ」

彼女の声音で何を考えているのかよくわかりました。しかしサー・ジョンが怪しげな二重生活を送っているのが事実だとしても、古い塔のなかに閉じこもっている相手の女はいったい何ものなのでしょう? あの部屋が家具などもない物さびしいところなのは私がこの眼で見て知っているのです。あそこに住んでいるのではありますまい。そうだとすれば、いったいどこから来《く》るのでしょうか? 家で働いている者でないのは確かです。働いている者には、油断のないスティーヴンズ夫人の眼が光っています。してみれば外部からくるのに違いありませんが、どうやって来るのでしょう?

そう思うとふと、これが如何《いか》に古い屋敷であるかを思いだし、したがってどこかに中世紀の秘密の通路でもあるのではなかろうかと考えつきました。古い城にそういう通路はつきものだからです。あの神秘の部屋は塔の地階にあるのですから、もしそうしたものがあるとすれば床下へ通じているのでしょう。すぐ近くには小屋もたくさんあります。秘密の通路の出口は、近くの雑木林のなかの茨《いばら》の茂みのなかに口をあけているのかもしれない。そのことについて私は誰にも口外はしませんでしたが、主人の秘密はこっちの手に握ったぞと思ったものでした。

こんな風に信ずれば信ずるほど、私はサー・ジョンの正体を隠す巧妙な態度にあきれるばかりでした。一方ではまた、その峻厳《しゅんげん》な姿を見るにつれて、こんな人が果して二重生活をやれるものだろうかと自問してみたり、お前の考えていることは要するに何の根拠もない疑念にすぎないのだぞといい聞かせてみたりもしました。それにしても女の声はたしかに聞こえたのですし、あの塔の部屋で夜ごと密会の行なわれているのも事実なのです。これらの事実からはどう考えても善意の解釈は出てきません。私はサー・ジョンに恐怖を抱きました。ずるく一貫しているその偽善ぶりが、私はいやでたまらなくなりました。

この屋敷で働くようになってからの数カ月に、私はたった一度だけ、サー・ジョンがいつも周囲のものに見せている悲しげな無神経な顔をかなぐり捨てたのを見たことがあります。ながい間おし包んでいた火の光の爆発するところを、ほんの一瞬間ですが認めたのです。そのこと自体はとるにたりないものでした。それというのもサー・ジョンの激怒の相手というのが、まえに申しました問題の部屋へはいるのを許されている唯一《ゆいいつ》の人、年老いた掃除婦《そうじふ》だったからです。塔のほうへゆく廊下を通りかかりますと——私の部屋がそっちの方角にあったからですが——ふいに、びっくりした金切声と、それにまじって激情にわけのわからなくなったしわがれた男の声が聞こえてきました。まるで狂暴な野獣のうなりにも似ていました。するとつづいてサー・ジョンの怒気をふくんだ震え声が聞こえてきました。「よくも、よくもわしの命令にそむいたな！」するとそのとき掃除婦が廊下を転がるように駆けてきて、まっ青な顔で震えながら私のそばをすりぬけてゆき、その後から恐ろしい罵声《ばせい》が追かけてゆきました。「スティーヴンズ夫人のところへ行って、これまでの給料を貰《もら》うがよい！　二度と再びソープ屋敷へ足を踏みいれるな！」好奇心に胸をわくわくさせながら私がそのあとを追ってゆきますと、彼女は廊下の角のところで壁によりかかって、おじけた兎《うさぎ》のように震えていました。

「ブラウンさん、どうしたのです？」

「旦那《だんな》さまが！　ほんとうにびっくり致しましたよ！　コルモアさんだって旦那さまのお眼のなかをご覧なすったら……私《わたくし》は殺されるかと思いましたよ」

「あなたは何をしたのです？」

「何も致しませんよ、あなた。少なくともあんなに怒られるようなことはね。ただあの黒い箱のうえにちょいと手をおいただけ、蓋《ふた》なんかあけたわけでも何でもありゃしませんのに、そこへはいっていらして、あの騒ぎなんですのよ。おかげで職は失いましたけれど、それもかえってよかったと思いますよ。だってあの旦那のおそばにいましたら、何をされるかわかりゃしませんものね」

してみるとサー・ジョンの爆発の原因はあの漆器の箱にあったのです——片時も身辺からはなそうとしないあの箱！　どんな関係が、あるいは関連が、あの箱と私がその声を聞いたことのある婦人のひそかなる訪問とのあいだにあるのでしょうか？　サー・ジョン・バラモアの怒りは激しくもありましたが、いつまでもおさまりませんでした。と申すのはあの日以来掃除婦のブラウン夫人はこの家から姿を消したきり、二度とソープ屋敷には戻ってきませんでした。

さてここで私は、妙な切掛《きつかけ》から以上かずかずの疑問がとけ、サー・ジョンの秘密をすっかり知り得た次第《しだい》をお話しようと思います。ただこれをお話すると、お前は好奇心のため自尊心も捨ててしまったのではないか、お前はスパイをするほど堕落したのかとのお疑いを根にお持ちになるかもしれません。そうお考えになるなら、それも致しかたありませんが、ただいかにも有り得ないことのように思われるかもしれませんけれど、事は私の申すとおりに起こったので、少しの作為もないことだけは申しあげられます。

この「解決」の第一段階は塔の小部屋が使えなくなったことに始まります。これは天井《てんじょう》を支えている樫《かし》の梁《はり》が虫くいのため落ちてきたからです。年代をへたものだけに、ある朝中央から折れて、おびただしい壁土とともに落ちてきたのです。幸いにもサー・ジョンはそのとき部屋にいませんでした。その大切な箱はがらくたの中から掘りだされて図書室へ移され、それからは鍵《かぎ》のかかる机の引出しのなかへ納められました。サー・ジョンはその後落ちた天井を修理しようともせず、そのままにしていたので、私としてもあの秘密の通路を探索してみる機会はありませんでした、あることはたしかだと思うのですけれど。あの婦人については、これでもう来なくなったのだと思っていましたが、妙なことにある晩リチャーズ君がスティーヴンズ夫人に、図書室で女がサー・ジョンに話しかけているのを聞いたが、あれは何ものだろうと尋ねているのを耳にしました。スティーヴンズ夫人が何と答えたか聞きとれませんでしたけれど、その時の彼女の態度から、そういう質問に答えるか、ないしは質問を逃げるのはこれが初めてではないなと思いました。

「コルモアさん、あなたもあの声は聞いたのでしょう?」管理人が尋ねますから、私は肯定しました。

「お聞きでしたら、それについてどうお考えですか?」

私は肩をすくめて、私の知ったことじゃないと答えるだけでした。

「まあ、そんなことをいわないで、あれにはあなただって好奇心がおありのはずです。そのときは女の声でしたか、それとも？」

「女の声は女の声でしたがね」

「どのお部屋から聞こえてきましたか？」

「塔の部屋からです。天井の落ちるまえのことですよ」

「ところが私にはほんの昨晩、図書室から聞こえてきました。寝にゆこうと思いまして、あそこを通りかかりますと、泣きわめくような、祈るような声がはっきりと、それもこうしてお話を伺《うかが》っているのと同じにはっきりと聞きとれました。女だったかもしれませず……」

「なんですって？　女でなくて何だというのです？」

リチャーズ君はむずかしい顔をして私を見ながら、「この天地のあいだには、学者の思いもよらぬ事がたくさんあるのさ。（訳注　『ハムレット』一幕五場ハムレットのせりふ。訳詞は福田恆存氏による）もし女だとしたら、どこからどうしてあそこへ這入《はい》りこんだものでしょう？」

「わかりませんな」

「私だってわかりゃしませんよ。でも万一人間以外のものが……いや、十九世紀も終りのこの世のなかで、実際的な経験を積んだ人物が二人もよって話すには、ちとばかげたことですね」といってリチャーズ君は顔をそむけてしまったが、腹のなかは必ずしもそうでもないようでした。ソープ屋敷には古い幽霊話がたくさんありますが、そこへまた新らしいのが一つ、私たちの面前で加えられようとしているのです。事件の真相を知り得たのは私だけで、一般の人は何も知ってはいないのですから、今ごろはこの話はソープ屋敷の怪異の一つとして、語りついでいることでしょうか。

さて、私が事の真相を知り得たのはつぎのような次第です。まえから私は神経痛のため夜も眠れないことが多かったので、その苦痛を緩和するためお昼前後にやや大量のクロロダインを服用することにしていました。そのころサー・ジョンから頼まれた図書の整理索引作りの仕事が終りに近づいていましたが、仕事は毎日五時から七時までにする習慣でして、その日も連夜の睡眠不足と麻酔剤の効果の残りとに悩まされていました。図書室の窓の近くに引込んだ場所のあるのはまえに申しあげましたが、仕事はそこでする習慣でした。そこの机のまえに坐《すわ》りこんで仕事にうちこもうとするのですが、疲労には抗しがたく、長椅子《ながいす》に倒れこんで、いつしかぐっすり寝こんでしまいました。

どれくらい眠ったものかわかりませんけれど、眼がさめてみたらあたりがとっぷり暗くなっていました。さめたとはいってもお昼にのんだクロロダインがきいていますから、そのままじっと半睡半醒《せい》の状態にありました。そこは大きな部屋で、高い壁は上から書物で埋まっており、うす暗く気味わるくのしかかっています。淡《あわ》い月光が向うの窓からかすかにさしこんでいて、気がついてみるとそのうす明りを背景にサー・ジョン・バラモアが机に向かっているではありませんか。その均整のとれた頭部やくっきりした横顔が、うす明りの窓を背景にはっきりと浮かびあがっています。見ていると前へ身をかがめましたが、かちりと鍵をまわす音がし、つづいて金属と金属の触れあってきしる音が聞こえました。私のぼんやりした頭でも、サー・ジョンが机のうえにおいた漆器の箱をどうかしたのだということだけはどうやらわかりました。しかもそのなかから何か、ずんぐりした見なれないものを取りだし、それを机のうえにおいたのです。少しも気がつきませんでした――まぬけなにぶい私の頭では、自分がいまサー・ジョンの私生活の秘密を侵《おか》しているのだ、向うはいまこの部屋に他人がいようなぞとは思っていないのだということすら気がついていないのでした。しかしそのとき知覚作用を回復した私はぞっとして、これは自分のいることを知らせるべきだと思い起きあがろうとすると、かりかりするような妙な金属性の音がし、つづいて人の声が聞こえました。

人の声で、しかもそれは女の声でした。その点だけは疑いの余地もありません。しかしその声はひどく懇願的な、ふかい愛情のこもったものでしたから、生涯私の耳底に残ることでしょう。それは妙にかすかな、じりじりいう音をともなっていましたが、言葉そのものは大きくはありませんけれど、きわめて明瞭《めいりょう》でした。それというのが、まさに死なんとする女の声だったからです。

「あなた、わたくし決していなくなりはしませんのよ」あえぐような細い声です。「こんどお目にかかるまで、いつまでもおそばにいますわ。朝に晩にわたくしの声を聞いて下さるかと思えば、しあわせに死ねますわ。ねえ、あなた、強くなって、こんどお目にかかるまで、強く強く生きて下さいね」

私は自分のいることを知らせるため、身を起こしかけたと申しました。しかしその声の聞こえているあいだはそうもできず、半ば上半身を起こしかけたなりで、驚き放心して、そのかすかに訴える美しい声に聞きとれていました。そして彼――サー・ジョンも夢中で聞いているらしく、いま私が話しかけても、とても耳にはいりそうもない様子に見えました。それでもその声がとだえたのをみて、私はしどろもどろの弁明をはじめました。するとサー・ジョンはぱっと立ってスイッチのところへゆき、電灯をつけました。部屋のなかはまぶしいほど明るくなりましたが、そのなかでサー・ジョンの怒りに燃えた双眼、何週間かまえに見たあの掃除婦のときのそれのような、激情にゆがんだ顔が見えました。

「コルモア君！　ここにいたのか！　いったいどうしたことです？」

口ごもりながら、私はすっかり説明しました。まず神経痛のことから始めて、そのため麻酔剤を常用していること、今晩それがため不覚にも居眠《いねむ》りをしたこと、そして変な状況のもとに眼がさめた事情などを話したのです。サー・ジョンは話のすすむにつれて次第にその顔をやわらげ、またもやふだんの悲しげな、お面をかぶったような顔にもどっていいました。

「秘密をすっかり知られてしまった。こっちが用心しなかったのが悪いのだ。生半可《なまはんか》にしておくのは、まるで知らせないより悪いから、こうなったら何もかもいってしまいましょう。わしが死んだら、この話はどこで誰に話してくれても構いませんが、それまでのところは決して誰にも漏らさないように、君の道義心に訴えて頼んでおきますぞ。わしにはまだ自尊心が――おお、神さま！――いや、少なくとも、この話が世間に知られた暁はわしに同情が集まるだろうと思うと、それがいやなのだ。羨望《せんぼう》には微笑をもって答えてきたし、憎悪《ぞうお》も無視してきた。しかし同情憐憫《れんびん》には我慢がならんでな。

あの声がどこから来るか、君は知ってしまった。家のなかでひどく好奇心をかき立てているらしいあの声をな。いろいろと噂《うわさ》のたねになっていることも知っております。悪口にしろ迷信話にしろ、みんなの臆測《おくそく》なぞわしは気にもせんし、大目にみておきますのじゃ。許しておけないのは自分たちの不正な好奇心を満足させたさにするスパイ行為や盗み聞きなどの不法です。しかしその点は、コルモア君、きみに非はないと認めます。

　わしの若いとき、いまの君の年よりもずっと若かったころのことだが、わしは友だちも相談相手もなく世間へ飛びこんでいったものだった。金はあったが、それは悪い友だちやろくでもない相談相手をぞろぞろと集めることにしかならなかった。わしは青春の酒に酔いしれた。この世にわしより深く酔ったものがあったとしても、わしは羨《うら》やみはしない。わしは財産も身体《からだ》も性質も傷《いた》めつけられたが、それでもわしには刺激が必要だった。思いだしてもぞっとするような人間だったのだ。そういうとき、わしが堕落のどん底にいたとき、神が天使のかわりとして、この世でもっともやさしく、愛らしい魂を下し給《たも》うたのだ。彼女はわしを愛してくれた。堕落のどん底にいたこのわしをな。そして獣類の水準にまでなり下っていたこのわしを、ま人間にもどすためその生涯《しょうがい》をささげたのだ。

　しかし死病にとりつかれて、彼女はわしの眼前で衰弱していった。彼女は苦しいときにも、決して自分だけの苦しみだとは考えなかった。病苦にしても、すでに予感していた死のことにしても、すべてわしのものだと考えた。こんなことになってからの彼女の最大の苦しみは、ここで自分の感化力がなくなったら、わしがまた以前の状態に復帰するのではあるまいかという懸念《けねん》だった。一滴の酒も口にはしないと、いくらわしが誓ってみせても、役にはたたなかった。遺憾ながらわしには悪魔がふかく爪《つめ》をたてているのを知りすぎているから――骨おってその爪を放させたのも彼女だったのだが――わしがまたその俘囚《とりこ》になりはしまいかと、彼女は日夜なやんだのだ。

そうしたある日、病室での友だちとの雑談から、彼女はこの発明――この録音機のことだが――のことを聞いて、愛情のふかい女の鋭い直感で、これこそ自分の目的に使えるものと悟ったのです。彼女はわしをロンドンに行かせ、売っているうちの最上等のものを買わせたのです。そして死にかかった苦しい息で、あえぎながら力づけの言葉を、おかげでそれ以来ずっとわしはぐれずにすんでいるが、吹きこんだのです。さびしく悲嘆にくれた身で、どうしたらわしはこの世で身を清く持《じ》することができたろうか？　神もし許したまわば、天国で彼女に再会するとき、わしは恥ずかしさを抱かずにすむであろう。これがわしの秘密なのだよ、コルモア君、どうぞわしの生きているあいだは、この秘密は君の胸にしまっておいてほしいものだ」

膚《はだ》黒《ぐろ》医師

ビショップズ交叉点《クロッシング》というのは、リヴァプール港から西南へ十マイルの小さな村である。一八七〇年の初めごろ、この村へアロイシアス・ラナという名の医師が来住した。その経歴や、どうしてこんなランカシャー州のかた田舎《いなか》へやってきたかについては、土地の人は誰も知らなかった。それでもこの人物のことについては、二つの点だけがわかっていた。一つは彼がグラスゴーの大学で優秀な成績のもとに医師の資格を得たということ、もう一つは彼が疑いもなく熱い地方の種族の血をうけていること、すなわち膚のいろがあまりに黒くて、どう見てもインディアンの系統をうけているに違いないと思われることである。しかしながらその秀抜の容貌《ようぼう》はヨーロッパ人的で、その品位ある挙措《きよそ》態度はスペイン系であるのを思わせた。それでいてあさ黒い皮膚、烏《からす》のぬれ羽いろの頭髪、濃くもじゃもじゃの眉毛《まゆげ》の下に輝やく黒い双眼などは、淡黄色や栗《くり》いろの頭の多いこの地方の田舎ものと妙な対照であったので、この新参ものはたちまち「ビショップズ・クロッシングの膺黒医師」の名をとるにいたった。それもはじめは反感嘲笑《ちょうしょう》の意をふくめた呼称であったが、何年かたつにつれて一つの尊称となり、狭い村のなかばかりでなく、この地方いったいに知れわたるに至った。

それもこの新参ものが外科医として有能なばかりでなく、一般内科医としても練達であるのが知られてきたからだった。当時この地方では、リヴァプール市の立会医師だったサー・ウイリアム・ロウの子息エドワード・ロウがもっぱら医療にあたってきたものだが、この人には父君ほどの才能がなかったので、ラナ医師がその人品や礼儀正しさの点もあって、たちまちロウ医師を競争圏外へ駆逐してしまった。ラナ医師の社会的地位の確立は、その職業上のそれにも比すべく急速であった。ベルトン卿《きょう》の第二子ジェームズ・ロウリイ卿の手術治癒《ちゆ》にいちじるしい成功をおさめたことが、彼をこの地方の社交界に紹介する機縁となり、話しぶりの巧みなことと洗練された態度とで花形にまで押しあげられたのである。前歴が不明であり、その地方に血縁者をもたないということは、社交界進出の障碍《しょうがい》となるよりも、かえって有利な支持となることも多いものだが、ラナ医師の場合もそれであって、この美男医師のもつすぐれた個性は、それだけでりっぱに推挙の役をはたしたのである。

患者のほうからすれば、この人には一つの——たった一つだけだが——欠陥があった。彼がかたく独身を通してきたらしいことである。それは住んでいる家が大きなものであり、職業の繁盛《はんじょう》するおかげで貯蓄が相当の額にのぼっているという事実が知られていることと併《あわ》せて、いっそう顕著なものとなってくる。最初のうちは土地の媒《ばい》酌人《しゃくにん》たちも、つぎからつぎへと適当な淑女の名を彼の名と組合せて持ちだしたものだが、数年たっても彼が結婚しようとしないのを見て、何かの理由で彼は結婚できないのだろうと一般にみなされるに至った。なかには、彼はすでに結婚しているのだが、それが失敗だったので、ビショップズ・クロッシングへ身を隠しているのだろうとまでいうものもあった。ところが、土地の仲人《なこうど》たちが失望のうちに断念したころになって、リイ館《やかた》のフランセス・モートン嬢との婚約が彼から発表になったのである。

モートン嬢は父親のジェームズ・ハルデーン・モートンがビショップズ・クロッシングの大地主だったから、土地でもよく知られた若い教養ある淑女であった。しかし両親は今やすでに亡《な》く、彼女はたった一人の兄でモートン家を相続したアーサーとの二人暮しであった。モートン嬢の人となりは背がたかくて品位があり、性急《せっかち》なのと個性の強さで有名であった。彼女はあるガーデン・パーティーで初めてラナ医師を知り、二人の友情は急速に恋愛に発展していった。二人の献身的愛情はこのうえもなく濃《こま》やかであった。二人の年齢にはいくらか懸隔があった。ラナ医師が三十七歳であるのに、モートン嬢は二十四歳でしかなかった。しかしその一点をのぞけば、配偶者として我慢のできないほどの難点はなかった。婚約のできたのが二月で、八月に挙式のことにきまった。

六月三日にラナ医師は外国から一通の手紙を受けとった。小さな村では、郵便局長は同時にゴシップの元締めをかねることが多い。ビショップズ・クロッシングのバンクリー局長も多くの村人たちの秘密を手中におさめていた。ラナ医師あてのこの手紙は、奇妙な封筒で、宛名《あてな》の文字は男の筆跡であり、アルゼンチン共和国の切手を使って、ブエノス・アイレス市（訳注 アルゼンチン国の首都）の消印が捺《お》してあるのを局長は認めた。局長の知るかぎりでは、ラナ医師が海外からの手紙を受けとったのはこれが初めてで、それだからこそ配達夫に手わたすまえに、とくに注意をひいたのだった。その手紙はその日の午後の便で配達された。

翌朝――というと六月四日のわけだが――ラナ医師はモートン嬢を訪問し、会談は長時間にわたったが、それをすまして帰途についた彼は、いたく動揺してみえた。モートン嬢のほうはそのあと終日とじこもっていたが、女中の話によればその日幾度となく涙を流していたという。それから一週間のうちに、二人の婚約の破談になったことが、村中で公然の秘密になった。すなわちラナ医師は若い淑女にたいして恥ずべき行動をとったこと、彼女の兄のアーサー・モートンは医師を馬のむちで打ってやると公言していることなどである。ラナ医師がどんな悪いことをしたのか、あれこれと臆《おく》測《そく》するものはあるけれど、具体的なことは何もわからなかった。しかしラナ医師がリイ館の前を通るのを避けるため、数マイルの回り道をするのもいとわないのを見たり、モートン嬢に会うかもしれないので、日曜の朝の礼拝に教会へ顔をだすことをしなくなったのを見たりして、明らかに気がとがめるからだろうとなした。それからまた時を同じくして、ランセット新聞に医院の譲渡広告が出たが、これは匿名《とくめい》になっていた。しかし一部のものたちはそれがビショップズ・クロッシングに関係があるとなし、ラナ医師がせっかく成功したのにこの土地を見すてるつもりなのだと解した。以上が六月二十一日月曜日までの状況であるが、その晩になってこの問題に新展開がおこり、今までは寒村のうわさ話にすぎなかったのが、全国の耳目を集める悲劇にまで生長した。その晩のことの真相を語るには、細目について少しく明らかにしておく必要がある。

ラナ医師の家には家政婦のマーサ・ウッズという中年の品行方正な女と、メアリー・ピリングという若い女中の二人しかいなかった。御者と外科室の助手とは通《かよ》いであった。ラナ医師は夜は書斎でおそくまで起きている習慣で、ここは召使のいるところとは反対の棟《むね》にあり、手術室の隣になっていた。この棟には患者の便をはかって別の入口がついており、来る人は召使たちに関係なくラナ医師が直接迎えいれられるようになっていた。実際問題としても、女中や家政婦たちは夜はやく寝《やす》むので、夜おそく来る患者は、自分でその戸口から出入りさせるのが日常のことになっていた。

問題のこの夜九時半に、家政婦のマーサ・ウッズが書斎へいってみると、主人は机に向かって書きものをしていた。彼女は主人にお寝みなさいをいって、女中をやすませてから、自分は十一時十五分前まで家事の整理にあたっていた。それから自分の部屋へさがるときには、ホールの時計が十一時を打っていた。部屋へさがって十五分か二十分すると、家の内部から叫び声だか呼び声だかが起こった。しばらく待ってみたが、声はそれきり聞こえなかった。その声というのが大きくて急迫しており、ただごとと思えないので彼女はガウンをひっかけて大急ぎで主人の書斎へいってみた。

「誰だね？」そこの戸を叩《たた》くと、こういうのが聞こえた。

「私でございますよ、ウッズ夫人で」

「そっとしといてもらいたいね。すぐ部屋へ帰りなさい」とどなったのはまぎれもなく主人の声であった。しかしその語気がいつもの主人にも似ずあらあらしかったので、驚きもしたし彼女は心平らかでなかった。

「お呼びになりましたかと思いまして」と彼女は弁明したけれど、返答は得られなかった。それでひき下がってくるとき時計をみたら、十一時半になっていた。

その夜十一時から十二時までのあいだに（ウッズ夫人は何時《なんじ》にと正確なことはいえなかった）一人の来訪者があったが、ラナ医師から何の返事も得られなかった。この深夜の来訪者はマディング夫人という村の食料品店の主婦で、主人が重いチフスにかかっているのだった。ラナ医師は彼女に向かって、寝るまえに主人の容態を知らせに立ちよってくれと求めていたのである。そのとき書斎には灯火《あかり》のともっているのが見えていたのだけれど、手術室のドアを数回ノックしてみたのに、さっぱり返事がなかった。そこでこれは往診に出かけているのだろうと思い、あきらめて家へ帰ることにした。

医師の家から小路《こうじ》へ出るまでは、短くくねった車回《くるままわ》しがあって、その出口に柱灯がたっていた。マディング夫人が門を出ようとすると、小路を一人の男がやってくる。

ラナ医師が往診から帰ってきたのかと思ってちょっと待っていると、やがて近づいてきたのは驚いたことに若い大地主のアーサー・モートンであった。柱灯のあかりで見ると、彼は興奮しているらしく、太い狩猟用の鞭《むち》を手にしている。門をはいろうとするところをつかまえて声をかけた。

「先生はお留守でございますよ」

「どうして知っているんです?」と荒っぽい。

「いま手術室のドアのところまで行ってみましたんです」

「それでも灯火《あかり》がともっているね」大地主の若旦那《わかだんな》は車回しのほうを覗《のぞ》きこんで、

「あれは書斎じゃなかったかな?」

「はい。でもたしかにいらっしゃらないのでございますよ」

「でもいずれは帰ってくるのだろう」とモートンは門をはいってゆくから、マディング夫人は家のほうへと帰っていった。


その早暁《そうぎよう》三時に、彼女の夫は病状がぶり返してきた。その様子をみていた彼女は、これは遅滞なく医者を迎えにゆかなくてはと思い、すぐに出かけた。ラナ医師の家の門をはいろうとすると、月桂樹《げつけいじゆ》のしげみのなかに潜んでいる者があるので驚いた。それは男であること確実で、それもどうやらアーサー・モートンらしく思われた。心配ごとのある際のことで、とくにそのほうへは気もくばらず、彼女はそのまま医師のほうへと急いだ。

いってみると驚いたことに、書斎にはまだあかあかと灯火《あかり》がともっていた。それで彼女は手術室のドアをノックしてみた。しかし返事はなかった。なお数回ノックしてみたが、何の手ごたえもない。寝たにしても往診にでも出かけたにしても、こんなに灯火《あかり》をつけ放しにしておくとは思われず、ひょっとしたらこれは椅子《いす》に掛けたなりで仮寝《うたたね》をしているのではないかとマディング夫人は思った。それでこんどは書斎の窓を叩《たた》いてみたが、やはり何の手ごたえもなかった。ふとそのとき、カーテンと窓枠《まどわく》とのあいだに少しすきまがあるのに気がついて、彼女はそっとなかを覗いてみた。

その小さな書斎は、中央のテーブルのうえで、大型のランプがこうこうと輝やき、医師の書籍や医療器具を照らしだしているのだった。人間もいなければ、ずっと向うのテーブルのかげに、汚れた白手袋が片っぽうおちているだけで、何の変ったこともなかった。しかしそのとき、眼が部屋の明るさになれてくるにつれて、ふとテーブルのかげの他端から、靴《くつ》が片っぽうだけのぞいているのを認め、つづいて手袋だと思ったのは床《ゆか》のうえに倒れている人間の手であることに気がつき、ぞっとした。何か恐ろしいことが起こったのだと知って、彼女は表へまわって鐘《かね》を鳴らし、家政婦のウッズ夫人を起こして、まず女中を警察へ走らせておき、二人で書斎へ行ってみた。

すると窓とは反対がわの、テーブルのそばにラナ医師が仰向《あおむ》けに倒れて、まったく死んでいるのだった。片っぽうの眼のふちが黒くなり、そのほか顔や首に打撲傷《だぼくしょう》のあるところからみて、暴行をうけて死んだことは明らかであった。顔が少しはれているのは、どうやら絞め殺されたらしいのを思わせる。着ているものは通常の医務服だが、足には布製のスリッパを、それも裏底のきれいなままなのをはいている。部屋の敷物は、ことにテーブルのそばが泥靴のあとだらけだが、加害者の残していったものと思われる。加害者は明らかに手術室から侵入し、殺しておいてひそかに逃走したものと思われる。靴あとの大きさ、加害の性質からみて、加害者が男であるのは確かだが、警察にもそれ以上のことは何もわからなかった。

金品の盗まれた様子は何もない。被害者の金時計もポケットにちゃんと残っていた。この部屋には大きな金庫がおいてあったが、調べてみると鍵《かぎ》がかかっているのに、中は空《から》っぽだった。金庫にはいつも大金が入れてあるとウッズ夫人は思っていたが、ちょうどその日に主人は多額の穀物代金を現金で支払ったばかりなので、金庫の空《から》なのは盗《と》られたのではなく、そのためであろうと推定された。ただ部屋から紛失しているものが一つだけあって、それもひどく暗示的なものであった。今までずっと側卓《そくたく》のうえに飾ってあったモートン嬢の写真が紛失しているのである。それも枠《わく》からはずして写真だけ持っていっている。その晩に主人の食事の給仕をしたとき、ウッズ夫人は写真のそこにあったのを見ている。それがいまないのだ。そのかわりに、部屋のなかに暗緑色の眼帯が一つ落ちているのを拾ったが、これは家政婦も今まで見かけたことのない品だった。しかし医者のことだから、眼帯があったからといって不思議でもないし、またこの犯罪と如何《いか》なる意味でも関連があると思わすものはなかった。

疑惑はただ一つの方向にしか向けられず、若い大地主のアーサー・モートンが時をうつさず逮捕された。彼に対する不利な証拠は状況によるものだけだったが、決定的だった。彼は妹を熱愛していた。妹とラナ医師との婚約が破談になってからというもの、同医師にたいしてははげしい報復的な言辞をしばしば口外していた。まえにもいった通り、彼はその夜十一時ごろに、狩猟用の鞭《むち》を手にしてラナ医師の家の車回しをはいってゆくところを見られている。彼はそれから、警察がわの意見に従えば、ラナ医師の部屋へ押し入った。そのときの恐怖または怒りの叫び声が大きかったので、ウッズ夫人に聞こえたのだというのである。ウッズ夫人が降りてみたら、ラナ医師はすでに侵入者と話しあう気になっていたので、それで家政婦を追いかえしたのだ。二人の話は長時間つづいたが、しだいに熱をおびてきて、とどのつまりは摑《つか》みあいになり、その結果ラナ医師が落命したのだ。事実は、彼は心臓をひどく悪くしていて——生前はまったく気づかないでいたが——普通の健康体ならば致命的でないくらいのことも、彼にとっては命とりとなったことが、死体解剖によってわかった。事後にアーサー・モートンは妹の写真をとりだし、帰りかかったが、マディング夫人が門のところへ姿を見せたので、月桂樹のしげみに身を潜めてやり過ごしたのだ。以上は起訴者がわの見解であるが、事件としてはまず決定的にみえた。

だが一方弁護がわとしても、有力な論拠がないではなかった。モートンは妹に似て癇《かん》が強く激越な気質だったが、人物は誰からも尊敬され、人好《ひとず》きのする男だったし、淡白で正直な性向からみて、このような大事をやりそうもなかった。モートンの自己弁明によれば、彼は家庭的な緊急事につき（この点彼は終始妹の名すら口にしなかった）ラナ医師と話したかった。その話が不愉快なものであったろうという点は、あえて否認はしなかった。ある患者から医師は留守だと聞いたので、午前三時まで帰りを待ってみたが、いっこう帰ってはこないので、あきらめて自分も家へ帰ってきた。ラナ医師の死に関しては、自分を逮捕しにきた警官と同様に、何も知らない。以前は被害者とも親しくしていたのだが、ある事情のため感情の疎隔《そかく》をきたしていた。その事情については語りたくないとのことであった。

なおモートンの冤罪《えんざい》を裏づけする事実もいくつかあった。第一ラナ医師は午後十一時半にはたしかに生きて書斎にいた。その時刻に主人の声を聞いたことを、ウッズ夫人は宣誓のうえで断言する用意がある。また被告の友人たちは、その時刻にラナ医師が書斎に一人でいたのでないことは、あり得ると肯定している。はじめ家政婦の注意をひいた騒がしい声、行ってみたら医師がいつにない癇癪声《かんしゃくごえ》で、すぐに退《さが》れといったのも、そのことを示しているようである。もし事実がその通りだとすれば、彼の死んだのは家政婦がその声を聞いたときから、マディング夫人が初めに訪《たず》ねてきてドアをノックしても手ごたえのなかったときまでのあいだと見るのが、正しいように思われる。これがラナ医師の死んだ時刻だとすれば、彼女が大地主の若旦那《わかだんな》に門のところで会ったのはそれ以後のことだから、アーサー・モートンは犯人ではあり得ないことになる。

以上の仮定が正しいとし、マディング夫人がアーサー・モートンに会うまえに、ラナ医師のところに誰かいたとすれば、その人物は何ものであり、またラナ医師にたいして如何《いか》なる悪意をもち、如何なる動機からそうなったのであるか？　被告の友人たちがこの点を明らかにし得るならば、彼の無罪を主張するのに一歩をすすめることになるのだがとは、広く認められたところであった。しかし一方において、世間一般の見解では——事実彼らはそれを公言していたが——地主の若旦那以外のものが現場にいたという証拠はなにもないし、それに反して彼がよからぬ動機からそこへ行ったという証拠はたくさんある。マディング夫人が訪ねていったとき、医師はもう自室へ寝にいっていたのかもしれず、それとも当時彼女が考えたように、外出中であって、帰ってみたらアーサー・モートンが待っていたのかもしれなかった。被告を支持する人たちのなかには、被害者の部屋から持ちだされたモートンの妹フランセスの写真が、兄の所有物のなかになかったということに重点をおく者があった。しかしこの論証はとるにたりない。それは彼として逮捕されるまえに、それを焼くなり破棄するなりの余裕が十分あったからである。この事件で唯一《ゆいいつ》の動かぬ証拠である室内の泥靴《どろぐつ》のあとは、敷物が柔《やわ》らかいため不鮮明で、そこから信頼のできる何かを抽《ひ》きだすことは不可能であった。いい得ることの大部分は、靴あとが見たところ被告の靴によってつけられたとする見解と一致しがたくはないということ、当夜被告の靴が泥だらけであったことくらいなものであった。その日の午後はつよいにわか雨があって、誰の靴も泥だらけになっていたのである。

以上がこのランカシャー州の悲劇として世間の注目をあつめた奇妙な、伝奇的な一連の出来ごとの概要である。謎《なぞ》につつまれた医師の素性《すじよう》、妙に秀《ひい》でた人となり、殺人罪で起訴された人物の社会的地位、その犯罪に先行した恋愛問題、これらのすべてが結合して、全国民の興味をそそるドラマの一つに、この事件を押しあげてしまったのである。英国中どこへいっても、このビショップズ・クロッシングの膚黒《はだぐろ》医師の話でもちきりで、議論の多くは事件の解決をはかろうとするものであった。しかしこれらの説のうち、公判第一日目にあれほどの興奮をまき起こし、第二日目には早くもクライマックスに達したあの思いがけない展開を、世人に予知せしめたものは一つとしてなかった。これを書いているいま、私の眼前にはこの事件の報道がのっているランカスター週刊紙の厚い綴《と》じこみがおいてあるが、私としては公判第一日の夕刻に、フランセス・モートン嬢の証言によって、事件解決に驚くべき光明を投じたまでの概要を述べることで満足しなければならない。

名だたる検事ポーロック・カー氏は、いつもの老練な手ぎわで、とうとう主張を述べ、時のたつにつれて、弁論を予定されている弁護士のハンフリー氏の前途には容易ならぬ困難の横たわっているのが、いよいよ明らかになってきた。大地主の若旦那がラナ医師のことを悪《あ》しざまに放言するのを聞いたこと、またラナ医師が妹をひどい目にあわせたというときのはげしい態度などを、大げさな表現で断言するよう、数人の証人がそそのかされた。マディング夫人は、被告が深夜被害者を訪ねたことをここでも証言したし、また別の証人は、ラナ医師が毎晩おそくまで独りであの離れた棟《むね》に起きている習慣なことを、被告が知っていたと述べ、その時刻ならば被害者を自由にすることができると知って、あんな深夜を選んで訪ねていったのだとも述べた。大地主の家のある召使は、主人が三時ごろ帰ってきた物音を聞いたと白状させられたが、これはマディング夫人が二度目に医師を訪ねたとき、門の近くの月桂樹のしげみで彼を認めたという証言と一致するものだった。泥だらけの靴と、靴跡との相似性とかの問題は十分に検討され、検事がわの論証が終ったときには、たとえそれが状況証拠ばかりだったとはいえ、あまりに完璧《かんぺき》で信服力の強いものだったので、弁護がわがなにか予想外の反証でも持ちださぬかぎり、被告の運命はきわまったと見るしかなかった。ところが閉廷時刻である午後の四時半に、審理は思いもよらぬ新しい方向に展開をみたのである。以下筆者はさきに触れたランカスター週刊紙から、その出来ごとを、いやその一部を抜粋しよう。ただし弁護人の前説は省略である。

弁護がわの証人として第一に召喚されたのが、被告の妹フランセス・モートン嬢であると判明するや、満廷はかなりの動揺にざわめいた。読者は彼女がラナ医師とかつては婚約の間がらであったのを思い起こすであろう。この約束をラナ医師が突然破棄したため彼女が憤慨したのであり、それが彼女の兄をして今度の非行を犯させる原因となったと考えられているのだ。しかしながらモートン嬢は今日まで事件に直接まきこまれることなく、検屍《けんし》審問廷や軽罪裁判所などに出頭したことは一度もなかった。それがここで被告のための重要な証人として姿を現わしたのだから、満廷はどよめいたのである。

背のたかい黒茶髪《ブルネット》の美人であるフランセス・モートン嬢は、低い声ながら明確に証言を行なったのであるが、終始はげしい興奮を押さえかねているのがありありと見てとれた。まずラナ医師との婚約に言及し、その破綻《はたん》の次第をあっさりと述べたが、破綻の原因は相手の家庭的事情にあるとのみ述べた。そして兄の激怒については、それが不当なかつ大それたものであると常に考えてきたと述べて、満廷を唖然《あぜん》とさせた。医師弁護人の直接訊問《じんもん》に答えて、ラナ医師にたいしては何らの怨恨《えんこん》も抱《いだ》いておらず、医師のほうもりっぱな態度で彼女に接していたと答えた。しかし事の真相を少しも知らない兄は異なる見解をとり、彼女の懇願にもかかわらず、医師にたいして個人的に暴力を振るうと口ばしり、悲劇の当夜も「かたをつけてやる」と口外した。それで彼女としては極力兄の心を静めるよう努力したが、兄はひとたび感情的になり、偏見をもったとなると、きわめて頑固な人間になるのだったという。

ここまではこの若い令嬢の証言は、被告に有利などころか、むしろ不利なものと見うけられた。しかしながら弁護人のつぎの訊問は、たちまち事態を急変させ、意外な方面へと展開していったのである。

ハンフリー氏――あなたは兄上をこの事件で有罪だとお考えですか?」

裁判長――ハンフリーさん、その質問はいけませんな。当法廷においては事実の判定をするのであって、信念を問題にすることは許されません」

ハンフリー氏──あなたは兄上がラナ医師の死と無関係であることを知っていますか?」

モートン嬢──はい」

ハンフリー氏──どうしておわかりですか?」

モートン嬢──ラナ先生は死んではいらっしゃらないからでございます」

たちまち廷内はざわめきたち、証人の発言がしばらく妨げられた。

ハンフリー氏──ラナ先生が死んでいないというのは、どうしておわかりですか?」

モートン嬢──あの方の亡《な》くなったことになっています日より後の日付のお手紙をいただいておりますからです」

ハンフリー氏──その手紙をそこにお持ちですか?」

モートン嬢──はい。でもお見せしたくございません」

ハンフリー氏──封筒だけでもいかがですか?」

モートン嬢──はい、これでございます」

ハンフリー氏──消印はどこになっていますか?」

モートン嬢──リヴァプールになっております」

ハンフリー氏——日付は？」
モートン嬢——六月の二十二日でございます」
ハンフリー氏——それではあの人が死んだことになっている日より後ですね。筆跡はあの人のものだと断言できますか？」
モートン嬢——はい、たしかにそうでございます」
ハンフリー氏——裁判長どの、本弁護人にこのあともう六名の証人に出廷を求め、これがラナ医師の筆跡であるか否《いな》か、立証する用意があります」
裁判長——その喚問は明日のことと致します」
ポーロック・カー氏（検事）——裁判長どの、しばらくお待ち下さい。私どもはこの書類の引渡しを要求いたします。専門家の鑑定にまってその書類が、われわれのでに死んでいると確信しますところの紳士の筆跡を、どの程度模倣しているか、立証し得ると思うからであります。申すまでもなく、はからずも突如として提出されましたこの新説は、被告の支持者たちによって、本件の審理を牽制《けんせい》するため企《たくら》まれた児戯に類する奸計《かんけい》にすぎないことを明らかにし得るかもしれないのであります。若くして教養あるこの淑女は、同人の自由な供述によれば、本件の検屍審問廷および軽罪裁判所における審理期間を通じて、本文書を所有していたという事実に、当法廷の注意を喚起しようとするものであります。同人はその手に、本件を一挙に解決し得ることもあるかもしれぬ重大な証拠をポケットに入れたままに、これらの予審手続を見送ってきたのであります。かくの如《ごと》きことを信ぜよと本員に求めるのでありましょうか？」
ハンフリー氏――モートンさん、この点をご説明できますか？」
モートン嬢――ラナ先生がその秘密を守ってほしいとのご希望でしたからです」
ポーロック・カー氏――ではなぜここで発表したのですか？」
モートン嬢――兄を救うためでございます」
廷内は同情の私語でざわめいたが、裁判長の注意によってすぐに静まった。
裁判長――弁護がわの提出したこの手紙を認めると仮定して、ではいったいラナ医師の友人や患者たちの多くが、正に同医師であると認めた死体は何ものであるのか、これを明らかにするのはハンフリー弁護人、あなたの役目ですぞ」
一陪審員――その点に疑惑を抱いたものが今までにありましたか？」
ポーロック・カー氏――本員の知るかぎりにおいてはありません」
ハンフリー氏――その点を明らかにされるよう望みます」
裁判長――本日はこれにて閉廷」

事件がこのような新展開をみたので、一般社会の興味を極度にかきたてた。新聞の論評は、裁判が結審にならぬため妨げがあったが、いったいモートン嬢の発表はどの程度真実であるのか、そして兄を救うためとはいえいかに大胆な策略であるかなどが、至るところで論議された。行方知れずになっているラナ医師の立場は明らかに板ばさみで、もし何かの異常な状況のもとに、彼が生存しているとすれば、彼の書斎で死体となっていた人物は、彼に酷似していたのであるが、その人物の死にラナ医師が関係していなければならないことになる。モートン嬢が公表を拒否したこの手紙は、たぶん罪の告白なのであろうし、彼女としては兄を救うためには、かつての愛人を絞首台《こうしゆだい》に追いあげなければならないという、恐るべき立場に追いつめられたわけだ。翌朝の法廷はあふれんばかりの満員で、さすがに場なれた神経ですら、興奮をつつみきれぬハンフリー氏が入廷し、検事がわと打ちあわせするのを見ると、廷内は動揺し私語にざわめきたった。慌《あわ》ただしく数語が――それでポーロック・カー氏の表情は驚愕《きようがく》に変《へん》貌《ぼう》したが――二人のあいだで交されたのち、弁護人は裁判長にむかって、前日の当法廷で証言を行なった若い淑女は、検事の同意のもとに、これ以上召喚されないことになりましたと述べた。

裁判長——それではハンフリーさん、問題をまことに中途はんぱに放棄することになりはしませんか？」
ハンフリー氏——あるいはそうも申せましょうが、つぎに喚問ねがいます証人が、その点を明確にするものと信じます」
裁判長——ではその証人の喚問を許します」
ハンフリー氏——アロイシアス・ラナ医師の喚問を求めます」
この博学な弁護人はその活躍時代には、法廷でしばしば有効な所見を述べたものであるが、その人物にしてこれほどの短い文句で、かくも大きな騒ぎを起こしたことはないであろう。その人の運命があれほど問題になった当のその人物が、まさに証人台に現われたのを見たとき、満廷は驚愕のあまり呆然《ぼうぜん》自失したのである。傍聴人のなかでも、ビショップズ・クロッシングでラナ医師を知っていた人たちは、いまやその人が痩《や》せほそり、顔には憂慮のふかい皺《しわ》をきざんでいるのを見た。しかしその悲しげな物腰や悄然《しょうぜん》とした顔つきにもかかわらず、じっさいはこれほど卓越した人格の輝やきは、見る人に感嘆の念をおこさせずにはおかなかった。彼は裁判長に一礼すると、供述を行なうことが許されるだろうかと尋ね、型どおりに、それはよいが供述はすべて被告に不利な証拠として援用されることもあると告げられると、ふたたび一礼して供述をはじめた。——

「私は何ひとつ隠そうとは致しません。率直な心で六月二十一日に起こりましたことを、包むところなく申しのべる考えでおります。罪なき人が苦しみ、この世で私のもっとも愛する人物にこのような迷惑のかかることを知っていましたならば、私はとっくの昔に進んで出頭いたしたでありましょうが、このようなことになっているのが私の耳にはいるのを妨げるいくつかの理由があったのであります。不適切な人物は、その活躍した世界から姿を消すべきだというのが私の願望でありましたが、そのための私の行動が他人をこれほどまで掣肘《せいちゅう》するとは予測し得ませんでした。私は犯した害悪を補償するのに全力をあげたいと希《ねが》うものであります。

アルゼンチン共和国の歴史に詳しい人には、ラナという名はよく知られた姓《せい》です。私の父はスペインでも最高の家柄の出《で》ですが、あらゆる国家最高の地位を保持しており、サン・ファン市（訳注　西アルゼンチンの都市。サン・ファン河にのぞむ）の暴動で落命しなければ、大統領にもなった人です。こうして私ならびに双生の兄アーネストには輝やかしい前途が期待されたのでありますが、経済的破《は》綻《たん》から私どもは自活の道を求めなければならない運命となりました。このような末梢《まつしよう》的なことを申しあげるのは筋ちがいとのお咎《とが》めもありましょうが、これは話のすすむに従いまして、必要な前提であったことがおわかりになりましょう。

さきほど申しあげましたように、私にはアーネストと申す双生の兄がありまして、これは私とじつによく似ておりました。二人が並んでいるときでさえ、人はどちらとも見わけがつかないくらい、小さな点にいたるまで二人は寸分ちがわず酷似しておりました。しかしながら二人の成長するにつれて、表情が同じでないがために、この相似はしだいに弱まってきました。それでも休息したり眠ったりしているときは、二人の違いはきわめて僅少《きんしょう》でありました。

死者についてあまり多く語るのは、私らしからぬところだと思います。いわんやそれは私の唯一《ゆいいつ》の兄のことです。彼の人となりについては、彼をよく知る人の言にまかすことにしましょう。ただ私はつぎの点だけをいうに止《とど》めます。——私としても言わなければならないこともありますからね——私は兄を恐れてきました。私の内部に兄にたいする反感がみなぎったのにはちゃんと理由があります。私への評判が兄の行動のため害されてきました。それは二人の酷似性のために、兄の行動の多くが私のそれに帰せられたからです。しまいに兄は、ある、かくべつ破廉恥《はれんち》な問題で、世のすべての非難を私に押しつけましたので、私は永遠にアルゼンチンを立ちのき、ヨーロッパで生活をたてるしかないように仕むけられました。兄のいまわしい存在から解放され故国を離れた損失を補って余りあるものを私は得ました。グラスゴー大学で医学をおさめるだけの費用は持っていたからですが、そこを卒《お》えると私はビショップズ・クロッシングに落ちついて開業しました。ここはランカシャー州にある僻村《へきそん》で、兄との関係も完全にたたれたと思ったのです。

幾年間か私は希望どおりの生活を楽しみましたが、やがて兄は私の所在を突きとめました。ブエノス・アイレスを訪《おとず》れたリヴァプールの人が兄に私の手掛《てがか》りを与えたのです。そのとき金を費《つか》いはたしていた兄は、イギリスへ来て私から分けまえを取ろうと考えました。私が恐れているのをよく知っている兄は、私が手切金を出すものといみじくも考えたのです。まず兄から訪《たず》ねてゆくという手紙が届きました。ちょうど私は結婚をひかえて、一身上重大な時期でした。いま兄にこられては面倒なことが、場合によっては、とくにそのようなことのないように保護してやるべき人物に、不面目なことが起こりそうなのです。そこで私は、どのような災禍《わざわい》がくるにせよ、それが私以外のものには掛からないように処理しようとしました。そしてそれが」――ところで被告のほうを向きなおり、じっと見つめて――「あまりに厳しく判断された私の行動の原因だったのです。私の行動の動機はただ一つ、愛する人を、起こり得るいかなる不名誉や恥辱からも守らねばならぬというにありました。兄がもたらすと考えられる不名誉や恥辱とは、かつてのそれの再現とだけ申しておきましょう。

手紙を受けとってから間もないある晩、兄は乗りこんできました。召使たちが寝室へさがってから、書斎に独りでいますと屋外に砂利を踏む音がしまして、ハッと思いますと窓から覗《のぞ》きこんでいる兄の顔が見えました。私と同じに髭《ひげ》のない男で、相似はまだ続いていますので、その瞬間私は自分の顔が窓にうつっているのかと思いました。そのとき兄は暗緑色の片眼帯をしておりましたけれど、それでも顔だちは私と全くおなじなのです。そして少年時代からの癖で、ニタリと冷笑的に顔をゆがめたのを見て、これは私を故国から追放し、名誉ある家名を汚《けが》した相かわらずの兄だなと思いました。私はドアを開けて、ともかくも招じいれました。それが十時ころのことでしょうか。

明るいランプのもとにはいってきたのを見て、これはまたもや不運な目にあっているなとさとりました。兄はリヴァプール港から歩いてきたとかで、疲れて不きげんでした。とりわけその表情にはぞっとするものを感じました。体内に何か重い疾患をもっているなと、医学知識が教えてくれます。相かわらず酒を飲んでいるらしく、どこかの船員と格闘したとかで、顔面に青あざをこしらえていました。はいってくると眼帯をはずしましたけれど、それも眼部に負傷したのを隠すためでした。水夫の着るような短いジャケットにフランネルのシャツを着ていますが、靴《くつ》の裂けめからは足の指がのぞいています。しかしその貧しさは私への凶暴な復讐心《ふくしゅうしん》をつのらせるばかりでした。私への憎悪《ぞうお》はほとんど狂気じみています。兄にしてみれば自分が南米の地で飢え死にしかかっているのに、私はイギリスで有りあまるほどお金を取っている、と思ったのです。そのとき兄がどんな言葉で私を嚇《おど》かし、どんな侮辱を加えたか、ここで詳しく申しあげることは私にはできません。生活の苦難と放蕩《ほうとう》の結果が兄の理性を狂わせたのだとはわかります。酒を飲ませろといい、お金をよこせと強要し、そのほか聞くにたえない言葉を口にしながら、兄は野獣のように部屋のなかを歩きまわりました。私はどちらかと申せば短気な男ですが、そのときはあくまでも自制し、決して手をあげるようなことはなかったことを、神のみ前で感謝とともに公言することができます。私の冷静さは兄をいよいよいきり立たせました。わめきちらし、悪態をつき、私の眼前へ拳固《げんこ》をつきだし、かと思うと急に恐るべき痙攣《けいれん》を顔面にうかべ、両手でわき腹をおさえ、ひと声たかく叫んだかと思うと、そのまま私の足もとへ倒れ伏しました。私はすぐ抱きおこしてソファに横たえましたが、それきり呼べど叫べど答えはなく、私の手にとったその手は冷たくしっとりと汗ばんでいました。持病の心臓がついにだめになったのです。みずからの暴力がおのれを倒したのです。

おそろしい夢のなかにでもいるように、私はながいこと坐《すわ》ったまま、兄の死体を見つめていました。あの死にぎわの叫び声に驚いたウッズ夫人がドアをノックするので私はわれにかえりました。それで彼女を寝室へ追いかえしましたが、まもなくこんどは患者が手術室のほうのドアをノックしましたけれど、これには答えずにほっておきますと、うまい具合に帰ってゆきました。そうしてじっと坐っていますうちに、ゆっくりとではありますが一つの計画がしだいに、私の頭のなかに形成されてきました。まるで自動的といってよい妙な具合です。椅子《いす》から立ちあがった時には、意識的な思考の過程などに関係なく、将来の計画がはっきりとできあがっていました。それは私を一つの方向に、否《いや》おうなしに押しすすめる本能的ともいうべきものでした。

さっきちょっと申しました私の一身上の変動からと申すもの、ビショップズ・クロッシングの地は私にとって忌《い》まわしいものになっていました。生活の計画が挫折《ざせつ》してしまったばかりか、期待していた同情が集まるどころか、私は軽率な判断のもとに冷たく遇せられることになったからです。なるほど兄の問題からくる不面目な騒ぎは、その兄が死んでしまったのですから、消滅しましたが、それでも過去を思えばいちがいに安心もできませず、完全にもと通りにはならないと感じました。これは私があまりに神経質すぎるのかもしれませんし、他人にたいして狭量《きょうりょう》にすぎたかもしれませんけれど、以上は感じたままを率直に申しているのです。ビショップズ・クロッシングならびにそこに住む人たちから逃《のが》れさる機会があるなら、どんなものでも私は大歓迎だという気持でした。ところがここに願ってもないような好機がある、過去からきっぱりと別離できる機会があるのでした。

眼前のソファには死体が横たわっています。やや肉づきがよくて顔だちの粗《あら》いほかは、私とそっくりの男です。兄の来たことを知るものは誰ひとりなく、従っていなくなったと不審を起こすものもありますまい。二人とも髭《ひげ》はありませんし、頭髪の長さだって私と同じくらいです。ここで私と兄と服を交換していたら、アロイシアス・ラナが書斎で死んでいたということになり、それで一人の不幸なやつの人生行路は終りをつげるわけです。室内に現金のそなえはどっさりあります。これを持ってゆき、どこかほかの土地で再出発すればよいわけです。兄の服装をして夜間徒歩でゆけば、人に見とがめられることなしにリヴァプールくらいまでは行けましょう。あの大きな港町でなら、何とかこの国を立ちのく方法も見あたりましょう。すべての希望を失ったいまは、未知の地でなるべく質素な存在であることこそ望ましいのです。ビショップズ・クロッシングにいたのでは医者としての私がいかに成功し、いかに高く評価されようとも、できれば忘れたいと思う人々とも、いつ顔を合わさないともわからず、私は転地を決行する決意をしたのでした。

私はそれを実行しました。回想は経験に劣らず苦痛をともないますから、詳細にわたる話はやめておきますが、一時間とたたないうちに兄はこまかなところまで私の服装をして横たわり、私は手術室のドアを忍び出て、畑のほうへゆく裏路《うらみち》をたどり、近道をリヴァプールへと急ぎ、夜のうちにそこへたどりつきました。家から持ちだしたものは金《かね》のはいった鞄《かばん》とある肖像写真だけでしたが、急いだので兄が使っていた眼帯をもってくるのを忘れました。そのほかの兄の持物は一つ残らず持って出たのですのにね。

誓って申しあげますが、私は殺されたのだと後で考えられようとは思いもかけないことでしたし、私としては新生活に踏みだすための策略が、関係のない人を重大な危険におとしいれようとは夢にも予想しないことでした。それどころか、いつも私の気になっていました不愉快なラナという存在を、とり除いてみなの気持をやわらげるのだという気でいたのです。リヴァプールに着いたその日のうちに、ラ・コルニャへ向けて出帆する船がありましたから、航海中に心の平静をとりもどし、将来の計画も立てられるだろうと考え、その乗船券を買い求めましたが、出航まえに私の決心がゆるぎました。たった一時間でもその人に悲しみを与えたくないものが、たった一人ですがこの世にいることに気がついたのです。本人の肉親がいかに情《つれ》なく酷《こく》であろうとも、彼女は心から悲嘆にくれることでしょう。彼女には私のしたことの動機がよくわかり、真相を感知していましたから、たとえ彼女の家族がこぞって私を見はなしても、彼女だけは私を忘れはしますまい。それで私は根拠のない悲嘆から救うために、秘密を守るという条件のもとに手紙を送ったのです。事情やむなくその約束を破ったとはいっても、私は全面的な同情と寛恕《かんじょ》とを彼女に与えるのみです。

私がこの国へ帰ってきたのはほんの昨夜のことです。そのあいだずっと、私の死んだと思われていることのひきおこした騒ぎも、アーサー・モートン君がそれに関与していると咎《とが》められていることも、何も知らないでいました。昨日のおそい夕刊で、事の経過をはじめて知り、真実を立証するため、今朝急行列車で駆けつけて参ったのです」

以上が裁判をたちまち終局に導いたアロイシアス・ラナ医師の異様な供述である。その後の調査により実兄アーネスト・ラナが南米から渡航してきた船が判明したりして、この供述の真実性が確認された。その船の船医はアーネストが航海中に心臓疾患をわずらっていたこと、その症状は所説のごとき急死をもたらしても不思議はない性質のものであったことなどを証言した。

アロイシアス・ラナ医師はその後、かくも劇的な失踪《しっそう》を演じた村へと立ちかえり、大地主の若旦那《わかだんな》との間には完全な和解が成立した。若旦那のほうが、医師が婚約を破棄した動機をすっかり誤解していたと認めたからであった。つづいてもう一つの和解が成立したが、それはモーニング・ポスト紙に華ばなしく報道された記事から判断されよう。

「アルゼンチン共和国前外務大臣ドン・アルフレドウ・ラナ氏の子息アロイシアス・ザヴィエ・ラナ氏とランカシャー州ビショップズ・クロッシングのリイ館《やかた》の治安判事故ジェームズ・モートン氏の唯一の息女フランセス・モートン嬢との結婚式は九月十八日ビショップズ・クロッシング教区教会において、スティーヴン・ジョンスン牧師司祭のもとに、厳《おご》そかに挙行せられた」

ユダヤの胸牌《むねあて》

とくに親しい友人のワード・モーティマーは、東方の考古学に関するあらゆる問題で、当代一流の学者であった。その専門とする問題につき多くの論文を発表し、かつてテーベ（訳注　古代エジプトの都市。貴重な遺品の発掘で著名）の古墳地方に二カ年在住したことがあり、そのあいだに「王家の谷」の発掘をも行ない、ついにファイレ（訳注　ナイル河上の島。古寺院がある）にあるホルス（訳注　エジプト神話の日の神）を祭る神殿の奥殿で、クレオパトラのミイラと目されるものを発掘して一大センセーションをまき起こしたものであった。三十一歳という若年でこのような業績をあげたのだから、彼の前途が洋々たることは誰しも感じたことであった。そこで彼がベルモア街博物館の館長に任ぜられたばかりか、オリエンタル・カレッジの講師を兼任し、土地の値下がりで収入が減少はしたが、研究者には十分な、それでいて彼を堕落させるには至らない程度のものはあるという地位についた時も、誰ひとり異とするものはなかったのである。

ベルモア街博物館長というワード・モーティマー君の位置をいささか困難にしている事情がただ一つだけ存在していた。それは彼の前任者の比類ない名声であった。アンドリーアス教授はふかい教養のある学者で、名声はヨーロッパ的なものだった。その講義は世界各地から学生を引きよせていたし、彼の管理にまかされた蒐集品《しゅうしゅうひん》の保管法の卓抜さは、専門学界にとくに知れわたっていた。だから五十五歳というのに突如として彼がその地位を辞して、生活のもとでもあり楽しみでもあった仕事から引退すると発表したときには、人々はひどく驚《の》いたものだった。教授とその令嬢は、博物館に付属する居心地よい官舎をたち退き、私の友である独身のモーティマー君がそのあとへはいることになった。

モーティマーが任命されたと聞いて、アンドリーアス教授はきわめて暖い、讃辞《さんじ》にみちた祝賀状をよこした。私はこの二人の初会見の席に居あわせさえした。そのとき私はモーティマーとともに、長年愛蔵してきたすばらしい蒐集品を見せながら案内して歩く教授のあとについて、博物館のなかをめぐり歩いた。その視察のときは教授の美しい令嬢と、やがては彼女の夫になるはずとかいう青年、ウイルスン大尉《たいい》もいっしょだった。展示室は十五室あったが、そのなかでもバビロン室、シリア室、それにユダヤとエジプトの蒐集品を展示した中央ホールがどこよりも立派だった。アンドリーアス教授はもの静かな、飾りけのない初老の人で、髭《ひげ》はなく物腰は平静だったが、展示品のなかでも珍品だとかとくに美しいものを指示するときは、双眼は輝やき表情がたちまち生きいきとしてくるのだった。それらの展示品の上方で、さもいとしそうになでさするようにしているその手を見ていると、教授がいかにそれを誇りとしているか、自分の手から他人の手に渡ろうとしているいま、その心中がいかに悲しみにみちているかを、はっきりと感じとれるのであった。

教授は私たちに一つずつ、自分のあつめたミイラ、パピルス紙写本、珍奇な甲虫石《スカラベ》（訳注　古代エジプト人が神聖視した）墓碑銘、ユダヤ民族の遺物、テンプル（訳注　ユダヤ人の神殿）の有名な七枝の燭台《しょくだい》の模造品、現物はティトゥスによってローマに持ち帰られたが、いまはテベレ河（訳注　地中海にそそぐローマの河）の河床に埋れていると想像されているものなどである。それから教授はホールの中央にたつ陳列箱に近づき、態度も心構えも崇敬の念をうかべてガラス越しに覗《のぞ》きおろした。

「これはね、モーティマーさん、あなたのような専門家にはべつに珍品でもないが、お友だちのジャクスンさんなら、きっと興味をお持ちでしょう」

のぞきこんでみると、私の眼にうつったのは五インチ平方ばかりの品で、金の台座に十二の宝石をちりばめ、二方の隅にかぎ形の脚がつけてあった。宝石は種類も色もそれぞれ違っていたが、大きさはみんな揃《そろ》っていた。その形態、配列、色彩の段階などは水彩絵具の箱を思いださせた。どの宝石もなにかの象形文字が表面に刻みこまれている。

「ジャクスンさん、あなたはウリムとトンミム（訳注　裁判を行なうユダヤの高僧が用いた胸あて。旧約聖書『出エジプト記』二十八章三十節参照）のことはご存じでしょうね？」

その言葉は聞いたことがあるけれど、それが何を意味するか、ぼんやりとしか頭に残ってはいなかった。

「ウリムとトンミムとはユダヤの高僧の胸にかけた宝石いりの板金よろいのことです。ユダヤ民族はそれに特別の崇拝感を――ちょうど古代ローマ人がカピトル（訳注　ローマのカピトリウム丘のうえにあったジュピターの神殿）にあったシビュラ書（訳注　ギリシヤ語で書かれた古代ローマの予言、神託集）に抱いていたような感情を持っていたのです。ごらんのように十二のすばらしい宝石に不思議な文字が刻んであります。左上の隅からいうと、宝石はそれぞれ紅玉髄《カーニリアン》、濃緑のかんらん石、緑玉《エメラルド》、紅玉《ルビー》、青金石《ラピス・ラズリ》、しまめのう、青玉《サファイア》、めのう、紫水晶、黄玉《トパーズ》、緑柱石《ベリル》、そして碧玉《ジャスパー》となっております」

私は美しい宝石の多彩さに驚嘆しながら、「その胸牌《むねあて》には特別の由来があるのですか？」

「これは時代といい価値といい、大変なものなのですよ」アンドリーアス教授は説明をつづける。「絶対に確かだとは主張できませんが、これはソロモンの神殿にあった本物のウリムとトンミムであろうと推定される幾つかの理由があるのです。ヨーロッパに現存する蒐集品のなかには、これほどみごとな品はほかにありません。ここにおられる私の友人ウイルスン大尉は、宝石について経験に富んだ鑑賞眼をもっておられるから、聞いてごらんになればその信憑性《しんぴょうせい》がおわかりになりましょう」

ウイルスン大尉はあさ黒い、冷たくて鋭敏な顔つきの男で、許婚者《いいなずけ》とならんで陳列箱の反対がわに立っていた。

「ええ、これほどの石は見たことがありません」と彼はぽつんといった。

「それにこの金《きん》の台座が見のがされませんよ。これにはとくに優秀な古代の――」教授は明らかに宝石のはめ込み技術についていおうとしたのだが、そのときウイルスン大尉が割りこんで、

「古代人の金細工《きんざいく》ではこの燭台のほうに、より秀《すぐ》れた技術が見られますよ」というともう一つのテーブルを回って動いたので、私たちはみな彼に従い、その燭台の浮き彫りのある柄や精巧に装飾された枝の部分を嘆賞した。ともあれこのような珍宝の数かずを偉大な専門家の説明で見てまわるのは、じつに興味ある新しい経験であった。や

がて巡覧をおえて最後にアンドリーアス教授が私の友に、貴重な品物の保管責任を正式に移譲するのを聞いていると、私は教授が気の毒になり、またこのような興味ある仕事に日々を過《すご》すことになったその後継者を羨《うらや》まないではいられなかった。一週間もせぬうちに、ワード・モーティマーは新しい官舎に居をかまえ、ベルモア街博物館の独裁君主となった。

二週間ほどして私の友人は、昇進を祝うために十二、三人ほどの独身の友人たちを招いて、晩餐会《ばんさいかい》を催した。会がはて客たちの帰りはじめたころ、彼は私の袖《そで》をひいて、居残ってほしいという意をかよわせた。

「君の家《うち》はほんの数百ヤード離れているきりだからね」というのだが、当時私はアルニイ街に住んでいたのだ。「まあちょっと残って、落ちついて葉巻でもやってゆきたまえ。ぜひ君の意見を聞きたいことがあるんだ」

私はソファにくつろぎ、接待の上等のマトロナス葉巻に火をつけた。最後の客を見おくって帰ってくると、彼はタキシードのポケットから一通の手紙をとりだして、私の前に坐《すわ》りなおした。

「これは今朝《けさ》うけとった匿名《とくめい》の手紙なんだ。読んで聞かすから、意見をいってもらいたいのだ」

「君の役にたつことなら、なんでも協力しよう」

「手紙の内容はこの通りだ。――『拝啓、今回貴下の管理に委《ゆだ》ねられた多くの貴重品にたいし、貴下が特別入念な監視を緩《ゆる》められることのないよう、私は強く忠告いたすものです。見まわり人が一人のみという現在の状態は、不十分だと考えるものです。どうかご警戒ください。さもなくば回復しがたき災禍が起こるでありましょう』」

「それだけかね？」

「うん、これだけだ」

「してみると少なくとも、博物館には夜勤の番人が一人しかいないのを知っている少数の人間の誰かが、この手紙を書いたということだけは明白だな」

ワード・モーティマー君は変な微笑をうかべながらその手紙を私によこして、「君は筆跡をみる眼があるかね？　まあこれを見てみたまえ」とべつの手紙を私の前においた。「この〝祝《コングラチユレート》う〟という字のC《シー》の字と〝委託《コミツト》〟という字のC《シー》の字を比較してみたまえ。それから大文字のI《アイ》という字だ。ピリオドの代りに――《ダッシュ》を使う癖を見てくれたまえ！」

「これはたしかに同一人の筆跡だ――ただしこの最初の手紙のほうはなんとか偽筆しようと骨をおっている形跡はあるがね」

「第二のほうはね」とワード・モーティマー君がいった。「祝賀状で、僕が館長に任命されたとき、アンドリーアス教授がよこしたものだよ」

私は驚いて彼の顔を見つめた。それから手にしていた第二の手紙を裏がえしてみた。するとどうだ、反対がわには「マーティン・アンドリーアス」とちゃんと署名があった。筆跡学の知識を少しでも持つものなら、教授が館長の後継者にむかって盗難の警戒をするよう、匿名の手紙を書いたことは、疑い得ないところであろう。明瞭《めいりょう》歴然とまではいえぬにしても、それは確かなことだった。

「何だってこんなことをしたのだろう?」私は不思議だった。

「正にそれを君に尋ねたいところだよ。もしそんな不安があるなら、なぜ自分でやってきて、直接僕にいわないのだろう?」

「君はそのことを彼に話す気かい?」

「その点でも僕は迷っているのだ。彼は書いたことを否認するかもしれないしね」

「何にしても、この警告文は好意の気持で書いているのだから、それに基づいて考えなくちゃいけないな。現在の警戒状況は、盗難防止に十分だといえるかね?」

「そう考えていたいね。一般入場者は十時から五時までしか許されないし、二室ごとに監視人が一人おいてある。それも二室の中間のドアのところに立っているから、両方を見はれるわけだ」

「しかし夜間はどうなっている？」

「入場者が出きってしまうと、すぐに鉄の鎧戸《よろいど》をおろすが、これは盗難よけには完全なものだ。夜の監視人はしっかりした男でね、宿直室に坐ってはいるが、三時間ごとに巡視することになっている。各室には終夜電灯が一個つけっぱなしにしてある」

「それ以上なにか安全な方法をといわれても困るなあ——ただ昼間の監視人を夜に回したらどうかとは思うが……」

「そいつは都合がつかないね」

「それじゃ十分とはいえないけれど、僕が警察に連絡してベルモア街の入口のそとへ、とくに巡査を一人立たせよう」と私がいった。「それからその手紙のことだが、書いた主《ぬし》が名を伏せておきたいのなら、そのままにしておくべきだと思う。彼がどうしてこんな妙な手段をとったか、先になればわかってくると思うよ」

　こうして話はこの問題を打ちきりにしたが、私は家へ帰ってきてからもひと晩じゅう、いったいアンドリーアス教授が自分の後任者に匿名の警告状を出した動機はどこにあるのだろうかと、不思議でならなかった。あの警告状が教授の筆跡であるのは、書いているところをこの眼で見たも同じに、私には確信がもてたからだ。教授はあの蒐集品《しゅうしゅうひん》になにかの危険を予知したのだ。それを予知したがために、彼はあの地位を捨てたのであろうか？　それにしてももしそうだとしたら、なぜ自分の名でモーティマー君に警告するのを躊躇《ちゅうちょ》したのだろうか？　私は迷いに迷い、考えあぐねて、しまいには苦しい眠りにおちてゆき、そのため翌朝はふだんよりも寝すごしてしまった。

私は翌朝簡潔かつ効果的な方法で眼をさまされた。というのはその朝九時ごろに、モーティマー君が満面に狼狽《ろうばい》の表情をうかべて部屋へとびこんできたからである。ふだんから私の知人のうちでもひどく整然としたほうなのだが、この時の彼はカラーが片っぽうはずれ、ネクタイはひらひらしているし、帽子はあみだに被《かぶ》るという有様で、血走った眼をみただけで私はすべてを悟《さと》った。

「やられたね、博物館が？」私はベッドからはね起きた。

「そうらしいのだ！　あの宝石！　ウリムとトンミムの宝石なんだ！」息がきれて、彼は喘《あえ》ぎながらいった。「警察へ行ってくる。ジャクスン君、きみはすぐ博物館へ行ってくれたまえ。さようなら！」彼はたちまち部屋をとびだしていったが、あとには階段を駆けおりる音だけが聞こえてきた。

私は時をうつさず彼の指図《さしず》どおりに行動したのだが、行ってみると彼はもう一人の警官と年輩の男とをつれて帰っていた。これは名のとおった宝石商のモースン・エンド・カンパニーの経営者の一人でパーヴィス氏という男だった。宝石類の鑑定にかけては老練家なので、いつも警察に参考意見を述べる役をつとめていた。一同はユダヤの胸牌《むねあて》をおさめた箱のまわりに集まっていた。胸牌は箱からとりだして、その上部のガラスのうえにおいてあり、三人は頭をよせてそれを覗きこんでいた。

「たしかに何者かがこじあけたのは明らかです」といったのはモーティマー君である。「けさ私がここを通りかかったら、眼にとまったのです。昨夜《ゆうべ》もここは調べて確かめたのですから、これは昨夜のうちにやられたのが確かです」

彼のいうとおり、何者かが手をつけたのは明白であった。最上列の四個の宝石――紅玉髄《カーニリアン》、かんらん石、緑玉《エメラルド》、紅玉《ルビー》――は、誰かがそのまわりを引掻《ひっか》きちらしでもしたか、ざらざらと傷《きず》だらけになっていた。宝石そのものは元の位置にちゃんとしていたが、ほんの数日前に見た美しい金《きん》の台座は、ひどく乱暴にひきゆがめられていた。

「どうもこれは、宝石を取り外《はず》そうとしたものらしいですね」警官がいった。

「それどころか、取り外すのに成功していますよ、これは」モーティマー君は口惜《くや》しそうである。「この四つの宝石は、うまく作った模造品を、はずしたあとへうまく嵌《は》めこんだものですよ」

同じ疑問はきっと宝石の老練家の頭にもうかんでいたにちがいない。というのはそのまえから彼は、レンズをだして入念にその宝石を調べていたからである。いま彼はいろんな方法で検査をしてから、元気づいた顔をモーティマー君のほうへ向けて、「お祝い申しあげます」と心をこめていった。「私は名誉にかけて申しあげますが、この四つの宝石はどれも本物であり、またじつに優《すぐ》れた品質のものばかりです」モーティマー君の怯《おび》えた顔に血の気がさしてきて、安堵《あんど》のながい溜息《ためいき》とともに彼は叫んだ。

「それはありがたい！　じゃ泥棒はいったい何を狙《ねら》ったのでしょう？」

「たぶん宝石をかすめて行こうとしたのが、途中で何かの邪魔が入ったのです」

「それならば一つずつ持ってゆきそうなものだな。ところがこの四つとも台座はこんなにゆるんでいるのに、宝石はみんなそのままになっている」

「その点はじつに不思議ですな」警官が口をだした。「こんな事件は初めてですよ。ちょっと夜警員に会ってみましょう」

制服の警備員が呼ばれた。兵隊あがりらしい正直そうな男で、事件についてはワード・モーティマーに劣らず心配そうな顔をしていた。

「いいえ、物音はまったく聞きませんでした」という警官の質問にたいする答えである。「ゆうべはいつものように四回巡視しましたが、これといって異状はありませんでした。私はこの職を奉じて十年になりますが、こんなことは初めてです」

「泥棒《どろぼう》が窓からはいりこむことはできないのかね？」

「とてもできませんです」

「ドアのところで君をやりすごすなり、躱《かわ》すことはどうだろう？」

「だめです。私は見回りのときのほかは、位置についたなりでしたから」

「博物館にはほかの入口はないのかね？」

「ワード・モーティマーさんの私室へ通じるドアがございます」

「ありますけれど、夜は鍵《かぎ》をかけますよ」モーティマー君が説明した。「それにそこまで行くには、私の部屋の表がわのドアも開けなきゃなりませんからね」

「あなたの召使はどうなっています？」

「彼らの部屋はまったく別棟《べつむね》になっています」

「ははあ、どうも難解な事件ですな。しかしパーヴィスさんの話によると、これといって被害もなかったわけですな」

「これらの宝石の本物なのは、断言できます」

「してみるとこの事件は、単なる悪ふざけのようですな。しかしまあ館の内外をよく調べて、侵入者が誰だかわかるような痕跡《こんせき》でもないか、探す努力はしましょう」

午前ちゅういっぱいつづけたその調査は念いりな、細心なものであったが、結果はむだに終った。警官は、私たちが今まで見落していたべつの可能な侵入口が二つあるのを示した。一つは通路にある揚げぶたを利用して地下室からはいる方法、もう一つは物置部屋にある天窓を使う方法であって、これは泥棒の入りこんだ部屋を見おろすようになっていた。地下室にしても物置部屋にしても、まず博物館内に侵入してからでなければはいれない場所にあったから、じっさいにはさほど重要でもなかったし、地下室や物置部屋の埃《ほこり》の様子では、誰もそこへはいったものはないとわかった。結局、いかにして、何者が、なぜこれら四個の宝石をいじりまわしたものかについては、調査をはじめた時と同じ状態のわからないままにこの調べは終った。

モーティマー君にとってただ一つの手段が残されており、彼はそれを実行した。警官が空《むな》しい調査を続行するがままにしておいて、彼はその日の午後、アンドリーアス教授を訪ねるから、同行してくれと私に頼んだ。彼は例の二通の手紙を携行したが、それはアンドリーアス教授に会って彼が匿名の手紙を書いた点を率直に問いつめ、正にその手紙にある通りの事件が起こったのだが、どうしてこうも正確にそれを予知したか、その理由を問いただすつもりなのであった。教授は上《かみ》ノーウッドの小さな郊外住宅に住んでいたが、訪ねてみると召使のものが、教授は外出中だと告げた。私たちの失望を見かねて、その召使は令嬢ではいけないかと尋ね、私たちを簡素な客間へ通した。

教授の令嬢がたいそう美しいことは偶然さきに述べた通りだ。ブロンドで背がたかく上品な人で、膚《はだ》の色はフランス人が〃つや消し〃とよぶあの微妙な色、古い象牙《ぞうげ》か硫黄いろのばらの花の明るい花弁を思わすものがあった。しかしながらはいってきた彼女を見ると、この二週間のうちに何という変りかたであろうと、すっかり私は驚いてしまった。若わかしかった顔はげっそりとやつれ、いきいきとしていた瞳《ひとみ》は悩みに曇っているのである。

「父はスコットランドのほうへ参りましたの」と彼女はいった。「なんですか疲れたらしいのでして、いろいろ心配なことがあったりしまして、ほんの昨日《さくじつ》立ちましたばかりでございますの」

「あなたご自身も少し疲れていらっしゃるようですね、お嬢さん」とモーティマー君がいった。

「父のことが心配でならないものでございますから」

「お父さまのお行きさきはスコットランドのどちらですか？」

「はい、父は弟のところへ参りましたの。父の弟はデヴィッド・アンドリーアスと申しまして、アードロスサン郡のアーラン・ヴィラスの一号で牧師をいたしております」

ワード・モーティマー君がこの所書きを写しとってから、私たちは訪問の目的については何もいいおくことなく辞しさった。そして私たちはその朝とまったく同じ心境のままでベルモア街へと帰ってきた。こっちとしてはあの手紙が唯一《ゆいいつ》の手掛《てが》りなのだから、モーティマー君は翌日アードロスサンへ出かけてゆき、教授に会って匿名《とくめい》手紙の謎《なぞ》を徹底的に究明してくる決心をしたけれど、そこへ新事態が発生したので、その計画は変更されるにたちいたったのである。

翌朝きわめて早く、私は寝室のドアを叩《たた》く音に眠りをさまされた。モーティマー君の伝言メモをもってきた使いの者である。

「すぐおいで願う。事はますます途方もないものになってゆく」メモにはこうある。

この呼びだしに従って早速いってみると、モーティマー君は興奮した様子で大きな中央ホールのなかをゆっくり歩きまわっており、隅のほうには例の兵隊あがりの守衛が直立不動の姿勢で立っていた。

「ジャクスン君！」とモーティマー君は私の姿を見るなり叫んだ。「よく来てくれたね、なんともはや、わけのわからない問題だよ、これは」

「というと何が起こったのだい？」

すると彼は胸牌《むねあて》をおさめた箱のほうへ片手をふって、

「まあ見てくれたまえ」

それを見た私は思わず驚きの声をだしてしまった。胸牌《むねあて》の宝石の中央の列の一組が、上の列と同じに冒瀆《ぼうとく》されているのである。これで十二個の宝石のうち八個までが妙な風にいじりまわされたわけである。下段の四個は何事もなく、整然と輝やいている。上の二段だけがだらしなく乱れているのである。

「宝石はすり替えられたのかしら？」私が尋ねた。

「いいか、この一番上の段の四個は、きのう鑑定家が本物だと保証した組は、同じだと思う。だって昨日《きのう》この緑玉の端に少し色の褪《あ》せたみたいなところのあるのを見ておいたのだが、それがそのままなんだ。上の四個を持ちだしていないとすれば、中の列だってすり替えたと考える理由がないじゃないか。シンプスン君、きみは何も物音を聞かなかったのだね？」

「はい、何も聞きません。でも日が暮れてから最初の巡視のとき、この宝石を覗《のぞ》いてみましたところ、もう誰かがいたずらしたのがすぐにわかりました。それであなたをお呼びして、そのことを申しあげましたのですが、それからは終夜回っておりましたけれど、人の姿を見ないのはもとより、何の物音も聞こえはしませんでした」

「まああっちで食事でもしよう」とモーティマー君は私を自室につれこんで、「ねえ、君はいったいどう思う、ジャクスン君？」

「こんな無目的な、くだらない愚行というものは聞いたこともない。何かの偏執狂《へんしゅうきょう》の仕業《しわざ》としか思えないね」

「なにか具体的に説明できないかね？」

ふと妙な考えが浮かんだ。「この物は非常にふるくて神聖なユダヤ民族の遺宝なんだから、これは反セム民族運動の一つだと考えたらどうだろう？　運動の熱狂的支持者が、こうすればユダヤ民族の誇りをけがして……」

「だめ、だめ、だめ！」モーティマー君は大きな声で、「そんなことって有りっこないよ！　もしそんな人間がいたら、ユダヤ民族の遺品なんて、ぶち壊してしまうさ。一晩かかって四個、それも一個ずつ丹念にいたずらするものかね。そんなことより、もっとよい説明でなければいかんよ。それもわれわれだけで何とかしなきゃ、あの警官などなんの助けにもなりそうではないからね。まず手はじめにシンプスンだが、あの守衛を君はどう思うね？」

「あの男に疑惑をもつ理由でも何かあるのかい？」

「館内にいたのはあの男だけだというだけのことだがね」

「それにしてもなぜそんな気まぐれな乱暴をやったものだろう？　何ひとつ盗んだわけでもないし、動機も見あたらないしね」

「頭がおかしいのじゃないかな？」

「そんなことはない。その点は保証してもいいよ」

「ほかに何か見解でもないかい？」

「そうだね。たとえば君自身はどうなんだ？　もしかしたら君は夢遊病があるのじゃなかろうね？」

「そんなものがあるものか、ほんとうに」

「じゃ今の話は撤回だ」

「こっちは撤回なんかするものか。それに問題を一挙に解決し得る方策が一つあるんだ」

「アンドリーアス教授を訪問するのかい？」

「ちがう。スコットランドくんだりまで行かなくたって、もっと手近に解決策はある。一つそれを説明しよう。中央ホールを見おろす天窓のあるのを君は知っているだろう？　ホールの電灯をつけっ放しにしておいて、こっちは物置部屋から見張っているのだ。そうすればわれわれの手で問題が解決できるというものだ。もしこの不可解な訪問者が、ひと晩に四つずつ宝石に細工するとすれば、あとひと晩の仕事がまだ残っているし、今夜もまた仕事を完成しにやってくると考えても、少しも不思議はないじゃないか」

「すばらしい考えだ！」

「これはここだけの秘密にしておいて、警官にもシンプスンにも黙っていよう。君もいっしょにやってくれるだろうね？」

「もちろん。喜んで参加するよ」と私は応じ、協定はそれで成立した。

その夜私がベルモア街へ戻っていったのは十時であった。モーティマー君は予想どおり、神経の興奮を押さえている様子だったが、寝ずの見張りにつくには早すぎたので、一時間あまり彼の部屋で、これから解決しようという問題の可能性について検討した。そのうちに辻《つじ》馬車の流れの喧噪《けんそう》や家路を急ぐ人の足音も少しおさまり、間遠になって、夜を遊びくらす人々も家や駅へと帰ってしまうころとはなった。十二時ちかくなってモーティマー君は、博物館の中央ホールを見おろす天窓のある物置部屋へと私を導いた。

彼は昼間のうちに一度きて、私たちがからだを楽に下を覗けるように、麻袋を敷いておいてくれたのだ。天窓は曇りガラスではなかったが、埃《ほこり》がつもっていたので、下から見あげても上から見られていると気づくことはなかった。私たちは下の部屋がよく見えるように、ガラスの隅の埃を拭《ぬぐ》った。電灯の冷たい白光のなかで、何もかもはっきりと照らしだされ、陳列箱のなかのいろんな品物のこまかいところまで見てとれた。

　こうした寝ずの番は興味もあり勉強になった。なにしろ通常はうわの空で見すごすような品物まで、こうなったら嫌でもじっと見つめているしかないからである。幾時間かのあいだを私はあらゆる標本を——壁に立てかけられた巨大なミイラの棺から、私たちの直下でガラス箱のなかで光り輝やいているもの、二人をここへ連れてきた当の宝石板までを——念いりに眺めたのであった。そこには数多くのガラス箱のなかに、さまざまな貴重な金細工と価値ある宝石とが散在していたが、ウリムとトンミムをなすこれら十二個の宝石は燃えるように輝やいて、他のものを顔色なからしめていた。私は順次シカラの古墳画、カルナク（訳注　エジプトのナイル上流の村落）出土の飾り壁、メンフィス（訳注　カイロ南方の古都、古代は首都であった）の彫像、テーベの碑銘などをゆっくり眺めたのだが、それでも私の眼はまたしてもあの卓越した美をもつユダヤ民族の遺品へと戻ってゆき、私の心はそれをめぐる奇怪な出来ごとに囚《とら》われるのであった。そのようにしてすっかり我を忘れていると、隣にいるモーティマー君がだしぬけにはっと息を吸いこみ、衝動的に私の腕をやにわに摑《つか》んだ。と同時に私は、なぜ彼が興奮したのかを知った。

入口の右手（私たちから見て右手だが、ドアをはいってくる人には左手になる）の壁に、大きなミイラの箱が立てかけてあるのは、すでに述べておいた。声も出ないほどの驚きにうたれたのだが、みるとその箱の蓋《ふた》がそろりそろりと開《あ》いてくるのだ。わずかずつ、しだいに蓋が押しのけられ、そのあいだに見られる黒い隙間《すきま》がますます大きくなってゆく。まことにゆっくりと、注意ぶかく開けられてゆくのだから、その動き自体はほとんど見てとれないほどであった。息をつめて見まもっていると、隙間から白く細い手が現われ、塗りのある蓋を押しかえして、それからもう一方の手、最後には顔が――それも二人には馴染《なじみ》のアンドリーアス教授の顔である。穴から出る狐《きつね》のように、教授はミイラの棺から忍び出た――たえまなく左右に頭をむけて気をくばり、一歩出ては止まり、また一歩出るといった調子で、まったく巧妙細心な夜盗そのままである。いちど街路のほうで何かの物音がしたので、教授はハッと身をすくめて耳をそばだて、いまにも背後の隠れ場へ逃げこもうかという姿勢を示した。それから爪先《つまさき》だって、ごくゆっくりと静かに前進をはじめ、ホールの中央のガラス箱に近づいた。そしてポケットから一束の鍵《かぎ》をとりだすと、箱をあけてユダヤの胸牌《むねあて》をとりだした。

それから眼前のガラス箱のうえにそれを安置すると、なにか小さな光る道具でそれをいじり始めた。教授は私たちの真下で作業していたので、頭がかげになって手もとは見えなかったが、手の動きから考えて、先日から始めている奇怪な毀損《きそん》工作の仕あげにかかっているのは明瞭《めいりょう》であった。

となりにいるモーティマー君の荒い息づかい、私の手首を摑んだままのその手の痙攣《けいれん》などから、私は彼が夢にも考えなかった人物の行なっている蛮行を見て、憤怒《ふんぬ》に胸をいっぱいにしているのを感じた。たった二週間まえに敬虔《けいけん》な態度でこの貴い遺品に敬意を表し、その古代性と神聖さを私たちに強調したばかりの当の本人が、いまこの意想外な冒瀆《ぼうとく》をあえてしているのだ。あり得ない、考えられないことだ——にも拘《かか》わらずここ、眼下の電灯が煌々《こうこう》としたなかで、うつむけた頭と小刻《こきざ》みに動く肘《ひじ》をみせている黒い姿が、それをやっているのだ。この卑劣な夜ごとの仕事の奥底には、自分の後継者にたいする何という冷酷な偽善、何という根ぶかい憎悪《ぞうお》が働いていることだろう？　それを考えるのは胸のうずく思いだったし、またそれを見まもるのも恐ろしいことだった。発掘物にたいして専門家のもつ強い愛情などは知らない私でさえも、このような古い遺品が故意に破壊されるのを見つづけるのは堪えがたいことだった。それでモーティマー君が私の袖《そで》を引いて、行こうと合図《あいず》し、そっと物置部屋を出ていったときは、ほっと救われたような気持になった。彼は自分の部屋へ帰るまでは黙ったままだったが、口をきくのを聞いて、その怒りがいかに激しいかをはっきりと知ったのである。

「なんという野蛮な乱暴ものだ！ とても信じられんことじゃないか？」

「いや、まったく呆《あき》れはてたよ」

「まるで悪党か気ちがいだ。そのどっちかだ。すぐにどっちだかわからせてやる。ジャクスン君、いっしょに来たまえ。この大《だい》それた所作《しよさ》をあくまで究明してやるんだ」

彼の部屋から直接博物館に出られる私用のドアが廊下にあった。彼は鍵をだしてこのドアをそっと開《ひら》き、靴《くつ》をぬぎ捨てたので、私もそれを真似《まね》た。私たちはつながって部屋から部屋へと忍び足で通りぬけ、ついに大きなホールの前まできたが、あの凶悪な姿はまだ中央の箱にかがみこんで仕事をつづけていた。アンドリーアス教授にも劣らぬ細心のぬき足さし足で私たちは近づいていったのだが、そんなにそっと動いたにも拘わらず、教授に気づかれないではすまなかった。あと十二ヤードほどのところで、教授はハッとした様子で振りかえり、かすれたような恐怖の叫び声を発すると、あわてふためいて博物館のなかを逃げだした。

「シンプスン！ シンプスン！」モーティマー君がどなった。すると電灯のいくつも点《とも》った遠い向うに、兵隊あがりの頑丈な姿がとつぜん現われた。その姿はアンドリーアス教授も認め、絶望の身ぶりと共に足をとめた。そこを私たちは肩に手をかけたのである。

「ああ、わかりました、皆さん」と教授は喘《あえ》いだ。「いっしょについて行きますよ。よろしかったら君の部屋へでもね、モーティマーさん。説明しなきゃならんことがあるようだ」

モーティマー君は憤慨のあまり、返事をしてもよいが、そうすると何をいいだすか我ながらわからないという様子が見てとれた。私たちは教授を中にはさむようにし、びっくり仰天している守衛を従えて歩きだした。途中で例の荒らされた箱のところまでくると、モーティマー君は足をとめて胸牌《むねあて》を調べた。下段の石が一つすでに、ほかのと同じに台座へのはめこみがぐらぐらにゆるんでいた。モーティマー君はそれを取りあげ、恐ろしい眼つきで教授を睨《にら》みつけた。

「よくもまあ！　よくもまあこんなことが！」

「いやなことだ！　ぞっとする」教授がいった。「怒るのも無理はない。さ、君の部屋へゆきましょう」

「行くといったって、ここをこのままにはしておけませんよ！」モーティマー君がどなった。そして胸牌《むねあて》をとりあげると、そっと手に抱いて歩きだし、私は罪人につきそう警官のように、教授により添って歩いていった。そのまま私たちはモーティマー君の住居区へはいっていったが、残された兵隊あがりの男は呆気《あつけ》にとられた顔をして見送っていた。モーティマー君の部屋へ通ると教授はそこの肘掛椅子《ひじかけいす》に腰をおろしたが、急にまっ青な顔になったので、私たちの憤慨はちょっとの間心配にかわった。だが強いブランデーを一杯のますと、元気をとり戻した。

「ああ、やっと人心地がついた！　この四、五日というもの、全くわしには荷が勝ちすぎた。とてもこれ以上は保《も》たんとわかっておった。自分が長いこと預かってきた博物館で、泥棒《どろぼう》としてつかまるなんて、悪夢だ、恐ろしい悪夢のようなものだ。だがもちろん諸君が悪いのではない。こうするよりほかは、なかったろうからな。ただわしとしては、気づかれるまえに、すっかり仕事をすませてしまいたいと思ってね。それも今夜が最後の仕あげになるつもりだったのだが」

「どうやってはいったんです？」モーティマー君が尋ねた。

「君の私用の入口を勝手に利用させてもらった。だが目的がそれを正当化してくれた。目的がすべてを正当化したのだ。詳しい事情を知れば、君も怒りはしまい――少なくともこのわしを怒る気にはなるまいと思う。わしは君の部屋の裏戸と博物館へはいるドアの鍵を持っておった。辞任したとき、それを君に渡さなかった。こういえばわしが博物館へはいるのに何の苦労もいらなんだのがおわかりだろう。わしは街路に通行人のなくなるまえに、早めにやってきた。そしてミイラの箱のなかに身をかくしたのだ。そのほかシンプスンが見回りに来るたびに、そこへ逃げこんだ。彼の来るのはいつでも足音で知れたからね。博物館を出るのも、まったく同じ方法で出たのだ」

「危険と知りながらやったのですな？」

「それも致しかたなかった」

「ですが、なぜです？　いったいあなたの目的はどこにあったのですか。あなたともあろう人が、こんな真似《まね》をするとは！」モーティマー君は叱《しか》りつけるようにいって、テーブルにおいた胸牌《むねあて》を指さした。

「ほかに方法を考えつかなんだ。ずいぶん考えに考えたのだが、世間の忌《い》まわしい非難や、わしらの生活を暗いものにする家庭の悲しみ、この二つを救うにはほかに方法がなかった。とても信じてはくれんだろうが、わしは最善の道を選んだわけで、これを納得してもらうには、ぜひわしの話を聞いてほしいのだ」

「これからどう処置するか、まあ一応話を聞いてからにしましょう」モーティマー君はにがりきっていった。

「わしは何一つ隠さない決心だ。すべての秘密を二人にうち明けようと思う。これから述べる事実をどう君たちが利用するか、すべては君たちの寛容におまかせする」

「かんじんの事実はすでに摑《つか》んでいるのですよ」

「だが君たちは何もわかっていないのだ。まず数週間まえに起こったことから話をはじめたい。そうすれば何もかも明らかになる。どうかわしの話すことは絶対に正確で真実なのだから、信じてほしい。

諸君はウイルスン大尉《たいい》と自称する男に会いましたな。わしは〝自称する〟と申したが、それがあの男の本名でないといえる理由があるからです。あの男がどのような方法でわしへの紹介状を手にいれ、わしの友情ばかりか、娘の愛情までも獲得するにいたったかについて、事こまかに話すと、あまりに長くなるが、とにかくあの男は、外国にいるわしの同志たちからの紹介状を何通か持参したので、わしとしてはついそれを信用することになった。それからあの男は、なかなかみごとな才覚によって、いつの間にかちょいちょいわが家を訪《おと》ずれ、気持よく遇せられるようになった。そのうちにあの男が娘の愛情を得るようになったと知ったときも、少し時期尚早の気がせぬでもなかったが、なにしろどんな社交界に出ても目だつほどの立派なもの腰と話しぶりをもった男のことではあるし、少しも驚きはせなんだ。

あの男は東方の古器物にふかい興味をもっており、その知識もその興味が偽物《にせもの》でないのを示していた。晩など話しているとあの男はよく、館内にはいって陳列品をゆっくり見たいがと、わしの許しを求めたりした。わしのような考古学の虫が、そんな頼みを喜んで許したのは、想像にかたくないところでしょう。それにあの男がたえず訪《たず》ねてくるのも、わしにとっては不思議でなかった。エリーズと正式に婚約ができてからは、ひと晩としてあの男の来ない日はなく、来ればたいてい一、二時間は博物館に閉じこもっていた。館内を意のままに見てまわる自由を与えておいたし、わしが夜分に他出するおりなどは、館内で好きなように行動させておいた。このような状態が打ちきりになったのは、ついにわしが公務を辞してノーウッドに隠棲《いんせい》し、計画していた著述に専念することになったためです。

この直後に――一週間かそこいらだが――わしは自分が軽率にも家庭へ迎えいれていた男の本性を知ることになった。その発見は、外国にいる友人からの手紙によるものだが、それによってあの男の持ってきた紹介状が偽物だったとわかったのだ。この意外な新発見に驚いて、この青年がかくも巧妙にわしを欺瞞《ぎまん》したその目的はどこにあるのかと、わしは自問してみた。わしは財産目あての人物に狙《ねら》われるほどの金持ちではない。それでは何のため彼はやってきたのか？　わしはすぐに気がついたが、ヨーロッパでも最《もっと》も高価な宝石がわしの管理下にあったし、それを納めてある箱に近づくのに、あの男がいかに巧妙な理由をならべたことか。彼こそは大がかりな強盗を企《たくら》んでいる悪党だったのだ。ではどうしたら、この男に夢中になっている娘に打撃を与えずに、彼の抱いているらしい計画を防ぐことができようか？　わしのとった方策は拙《つた》ないものだったが、そうかといってより有効適切な方法はほかに考え浮かばなかったのだ。もしわしが本名で手紙をあげたら、君はきっとわしの打ちあけたくない細部にわたって、説明を求めるだろう。それでただ警戒するようにと、匿名《とくめい》の手紙をあげたのだ。

わしらがベルモア街からノーウッドへ移っても、あの男の訪問がつづいたのは、彼がわしの娘に真実の、深い愛情を持ったがためであったと思う。娘のほうにしても、これほど打ちこんで深く男を愛した女というものはなかろうと思う。二人の恋愛がどれほど進んでおり、二人のあいだの信頼がどの程度のものだったかは、あの男がはっきりと本性を見せた晩まで、わしもよくは知らなんだ。その晩はあの男が訪《たず》ねてきたら、いつもの居間でなく、書斎のほうへ通すように命じておいた。それであの男が来るとわしはあけすけに、彼のことを何もかも知っていること、その悪計を打破する処置をすでにとったこと、わしにしても娘にしても向後お前の顔なぞ見たくもないと、きめつけてやった。そしてわしが生涯をかけて守護してきた貴重な宝石に、何の災害も及ぼさぬうちに、お前の正体を見破り得たのを、神に感謝しているとまでつけ加えてやった。

あの男はたしかに度胸の据《すわ》ったところがあった。わしの言葉に驚きもしなければ反抗するでもなく、終りまで眉《まゆ》もうごかさず注意ぶかく聞いてから、話がすむと黙って席をたち、部屋の隅へいってベルをならした。

『アンドリーアス嬢にどうぞこちらへいらして下さいとお願いしてくれたまえ』と召使のものにいいます。

娘がはいってくると、そのドアを閉めてからあの男は娘の手をとって、

『エリーズさん、父上はたった今、僕が悪人だとお見破りになりましたがね。父上はまた、あなたが以前からそれを知っていることも、ご存じですよ』

娘は立ったまま黙って耳を傾けておる。

『父上は、私たちが永久に別れるべきだとおっしゃるのです』

娘はとられた手を引こうともしません。

『あなたは私にあくまでも誠実であってくれますか？　それとも私の生涯に二度とありそうもないよい感化を、今日かぎり打ちきりにしますか？』

「ジョン!」と娘は多感に叫んだ。「あなたを見棄(みす)てるものですか! 決して、決して、たとえ世界じゅうがあなたの敵になったって！』

私は娘と議論し、口説いたが空《むな》しかった。まったく役にたたないむだなことだった。彼女の全身全霊は、わしの眼前だが、この男に縛りつけられているのだ。娘はね、諸君、わしに残された最後の愛するものだった。この場に及んで彼女を破滅から救うのに、わしの力がいかに足りぬかを思い知らされ、わしはじつに苦しかった。わしの絶望ぶりは、わしの苦悩の根元であるこの男の胸をゆさぶったようであった。

『あなたのお考えになるほど、事態は悪くないとも申せましょう』とあの男はもの静かな、動じない調子でいった。『私は、このような前歴の人間さえも救いだし得る強い愛で、エリーズさんを愛しています。ほんの昨日私は、彼女が恥じ恥辱と考えるような行ないを、二度と犯さないとエリーズさんに誓ったばかりです。私はそれを実行する決心をしました。私と申す男は、実行しもしないことを決心したことは一度もありません』

いかにも信念に満ちた口調でいうと、あの男はポケットから小形のボール箱をとりだして、

『私の決心の証拠をお見せしましょう。これはね、エリーズさん、あなたが私に与え

た善き感化の最初の結果なのですよ。ご推察どおり、私はあなたの管理下にある宝石を盗む計画をたてましたよ、教授。このような大胆な試みに私は魅力を感じます。冒す危険の大きさに匹敵する大きな獲物を報いられるからです。ユダヤの聖者の有名な、古代の宝石は、私の豪胆さと創意を試すに十分なものでした。私は手にいれようと決心したのでした』

『それくらいのことは察していた』

『あなたの推測の及ばなかったことが一つだけあります』

『何かね？』

『それをもう手にいれてしまっておるということです。この箱のなかにあります』

あの男は手にした箱をあけて手のひらのうえで傾け、中味をわしの机の端においた。ひと眼みて、わしは髪《かみ》の毛が逆だち、肌《はだ》に粟《あわ》する思いだった。そこには不可解な文字を刻みこんだ十二個の、壮麗《そうれい》な四角い宝石が並んでいるのだ。これがほんもののウリムとトンミムの宝石であるのは、一点疑いの余地もなかった。

『お、これは！　誰にもわからなんだのかね？』

『注文して特別に作らせた十二の模造品です。本物そっくりに模してあるのですから、その違いなんかわかるものですか』

『では今あるのは偽物なのかね？』

『もう数週間まえからすり替えてあります』

みんな黙ってその場へ立ったきりだった。娘は激情に色青ざめながらも、彼の手を放そうとはしなかった。

『私にどんな能力があるか、これでわかったでしょう、エリーズさん？』

『ええ、悔い改めと更生の能力がおありだと思いますわ』

『その通りで、これもあなたの感化のおかげです。この宝石は教授、あなたのお手にゆだねます。どうぞお好きなようになすって下さい。ただ私のためにならないようなことをなさるのは、あなたの愛嬢の未来の夫のためにならないことになるのを、どうかお忘れないように。エリーズさんには、いずれお便《たよ》りをいたします。あなたのやさしいお心を苦しめるのも、これが最後です』そういうとあの男はわしの家から出てゆきました。

わしの立場は恐ろしいものだった。いまやわしは貴重な遺品を所有することになったが、どうしたら不面目や暴露なしにこれを返還することができようか？　わしは娘の人柄をよく知っているから、このように心まで捧《ささ》げてしまったものを、その相手から引き離すのは不可能だとも知っていた。それに娘があの男にたいして、あのように善い感化力をもっているからには、その二人を引き離してしまうことの善悪にも惑った。娘を傷つけることなしに、あの男の罪を摘発するにはどうしたらよいか？　また自から進んで名のり出《い》で、自分をわしの手にゆだねたあの男の罪を摘発するのは正しいことなのかどうか？　考えに考えた末、わしはついに一つの解決策にたどりついたが、これは君たちには愚かなことにも見えよう。それにしてもわしが再び同じ立場に立たされたとしても、やはりこれが最善の方法として選ぶだろうと思うのだ。

わしの考えというのは、誰にも知らさずに宝石をもとの場所に返すことだった。鍵《かぎ》はあるのだから、博物館へは好きなときはいれるし、シンプスンの勤務ぶりはよく知っているから、これを避けるのには自信があった。これは誰にも秘密をうち明けぬことに――娘にさえだ――した。そして娘にはスコットランドにいる弟を訪ねてゆくといっておいた。二晩か三晩、出入りを尋ねられたりすることなく、自由行動がしたかったのだ。そこでその晩からハーディング街に部屋を借りて、新聞記者だから夜はおそくなるといっておいたのだ。

その晩にわしは博物館へ侵入し、宝石を四つだけ入れ替えてきた。仕事はむずかしくて、終夜かかった。シンプスンの回ってくるのは足音でわかったから、わしはそのたびにミイラの箱へ姿をかくした。わしは金細工には少しばかり知識があったけれど、あの泥棒《どろぼう》のように旨《うま》くはゆかなんだ。泥棒のやつ実に巧妙にすり替えていたから、あれでは誰にも見破れなかったと思う。それにくらべてわしの細工は不器用で拙《つた》なかった。それでもあの胸牌《むねあて》を、少なくともわしの仕事の終るまでは、そう気をつけて見るものもあるまいと思っていた。つぎの晩に中の段の四つをとり替えた。そして今晩、最後の仕上げをすますところだったのが、不運にも諸君に見つかってしまい、隠しておきたかったこともすっかり打ち明けることになったのだ。いま話したことがこれ以上明るみに出るか否《いな》かは、両君の廉恥心《れんちしん》と同情に訴えるしかない。わし自身の幸福、娘の将来、あの男の更生の希望などは、すべて両君の決定いかんにかかっているのです」

「その決定はですね」モーティマー君がいった。「終りよければすべてよしです。問題はここですべて打ちきりにしましょう。明日、ゆるんだ宝石を、専門の細工師をよんで、台座に締めなおさせましょう。それでテンプル壊滅以来ウリムとトンミムのあった最大の危機も去るわけです。アンドリーアス教授、さ、お手を。このような困難な事態に直面すれば、私だとて私心なく行動できたかどうか。ただそうあってほしいと願うだけです」

この物語りに一つだけ脚注をつけておく。それから一カ月とたたないうちに、エリーズ・アンドリーアスがある人物と結婚したことである。その人物の名は、もし私が不謹慎にもここで公表したなら、あのひろく知れわたった名声のある人がと、読者諸君は感嘆するに違いない。しかしこの真相が知れわたったならば、名誉は彼のみに帰すべきでなく、暗い道に深く深く踏みこんだのを、引き戻したあのやさしい女性のあったことを知って感動されるであろう。

悪夢の部屋

メースン家《け》の居間はきわめて風変りだった。一方のがわはひどく贅《ぜい》をつくした飾りつけだった。深いソファ、低い豪華な椅子《いす》、あだっぽい小像の群、それに厚地のカーテンが金属製の彫りのふかい装飾的な仕切りから垂れていて、この部屋の女主人である愛らしい婦人に似あいの構成をなしていた。若いが金のある実務家のメースンは、あらゆる苦労と費用を惜しまずに、美しい妻の願いと気まぐれを満たしてやるのだった。彼女は彼のために多くのものを断念してきたのだから、彼としてはそれが当然であった。フランスにおいて最《もつと》も名声たかき舞踊家、一ダースを越える変愛に嬌名《きようめい》高かった彼女は、簡素な生活態度において自分とまったく異なったこの若いアメリカ人と生活を共にするために、これらの眩《まば》ゆい歓楽の生活を捨てさったのだ。富で購《あがな》い得る限りのものをあげて、彼は彼女の失なったものを償《つぐ》なおうと努めた。こうした事実は自から宣伝しないほうが——新聞に出るのを許しさえしないほうが——彼としても趣味として望ましいと、考えた人もあるであろう。しかし彼の行動は、個人的な性癖の問題を除いてみても、瞬時といえども恋人の役を止《や》めない夫のそれであった。見ている人があったとしても、彼は溢《あふ》れるばかりの愛情を示すのを少しもはばからなかった。

しかしその部屋は変っていた。ちょっと見るとありふれた部屋だったが、なれるにつれて不気味な異様さのあるのに気がついてくる。何の物音もせず、全くしずかである。豪華な絨氈《じゆうたん》や厚い敷物のうえを歩く足音も聞こえない。格闘をしても――からだが倒れても――音はたたないであろう。色彩もまた、灯火《あかり》がいつも弱めてあるらしいのだが、妙にぼやけていた。またそこは同じ趣味で飾りつけてもなかった。人はまた、この若い銀行家はこの婦人の私室、自分所有の宝石箱を整えるのに数万金を投じ、金《かね》に糸目はつけなかったのだが、とつぜん自分の浪費に気づいて財布の紐《ひも》を引きしめた、という風に思うかもしれない。それは賑《にぎ》やかな街路に面した部分だけが豪華に飾られ、その他の部分はなんの装飾もなく簡素であり、肉体的快楽好みの婦人のものというより、最も謹厳な男の趣味を反映しているように見えた。それだからこそ彼女はおそらく一日のうちほんの数時間、時によると二時間、あるいは四時間だけ来るのであろうが、それでもここにいるあいだ、彼女は真剣に身を処し、この夢魔の部屋にいるあいだは、ルシール・メースンはどこにいる時とも違う危険な女になるのだった。

危険な——まさにそれだ。彼女のしなやかな姿態がソファを覆《おお》う大きな熊《くま》の皮のうえに伸びているのを見たものなら、誰もそれを疑うことはできまい。彼女は右肘《ひじ》をついて凭《もた》れかかり、優美な、それでいて決然とした顎《あご》をその手において、大きく物思わしげな、魅力的でいて苛辣《からつ》な瞳《ひとみ》は、なにか空おそろしい思いをこめて、じっと前方を見つめている。愛らしい顔であった——子供っぽい面影、だが神はそのなかに悪魔が住んでいると知らせる微妙な隈《くま》、説明しがたい何ものかをつけ加えているようだった。理性犬どもは彼女をみると尾を巻き、幼児は彼女が抱くと泣き叫ぶのが常であった。理性よりも深い直覚の働きであろうか。

その午後は、何かで彼女の心はひどく乱されていた。彼女は一通の手紙を手にしていたが、それを可憐《かれん》な眉《まゆ》をひそめ、うすい唇をひき締めながら、くり返し幾度も読んでいるのであった。ふと彼女は身をおののかせた。不安のかげが、その容貌《ようぼう》の陰険なところのある残忍さを柔らげてみせた。彼女は手をついてからだを起こし、眼をドアのほうにじっと注いだ。一心に耳を澄ましている——何か彼女の恐れているものに耳を澄ましているのだ。ちょっとの間、安堵《あんど》の微笑が表情ゆたかなその顔に浮かんだ。それから急に恐怖の表情をみせて、手紙を服の胸へ押しこんだ。押しこんだかと思うとその瞬間にドアがあき、若い男が威勢よくはいってきた。彼女の夫のアーチー・メースンであった――彼女の愛していた男、それゆえに自分のヨーロッパにひびきわたる名声も犠牲にした男、いまや自分の新たなすばらしい経験の障害になると思っている男なのであった。

そのアメリカ人は三十歳前後で、髭《ひげ》はなくて、筋骨たくましく、ぴたりと合った服がひときわその姿を引き立てていた。彼は両腕を組んでドアのところに立ち、じっと妻のほうを見つめた。その顔は美しいといえるかもしれないが、生き生きとした眼のほかは、日やけした仮面を思わす顔だった。彼女は依然として肘をついて横たわったままだったが、両眼だけはじっと彼の眼に注がれていた。その無言の睨《にら》みあいのなかには、何か恐ろしいものが漂《ただよ》っていた。たがいに相手への質問を浴びせ、その答えは致命的であるということを、たがいに伝えあっていた。「お前は何をしたのだ？」こう彼は尋ねたいのであろう。「あなた、何か知っているの？」彼女はこういっているのかもしれない。しまいに彼は前へ進み出て、彼女のそばの熊の皮のうえへ腰をおろすと、彼女の柔らかい耳朶《みみたぶ》をつまんで、その顔を自分のほうへ向けさせた。

「ルシール、おまえ僕を毒殺する気かい？」

彼女は恐ろしげに身を引き、口を抗議にゆがめた。心が乱れて口はきけずに、突きだす両手や震える表情に彼女の驚きと怒りとがよく現われていた。彼女は立ちあがろうとするが、手首を握った彼の手は強まるばかりだった。彼はふたたび質問を発したが、こんどはそれが恐ろしい意味に深まった。

「ルシール、なぜ僕を毒殺するんだ？」

「あなたは気ちがいよ、アーチー、気ちがいよ」と彼女は喘《あえ》いだ。

彼の答えは女の血を凍《こお》らせた。血のけの引いた唇を少しあけ、蒼白《そうはく》な頰をして、どうしようもなく黙って彼を見つめていると、彼はポケットから小さな瓶《びん》をとりだして、女の眼前に突きつけた。

「お前の宝石箱にあったんだぜ！」

ふたたび彼女は口をきこうとしたが、声が出ないのだった。やっと言葉がゆっくりと、その歪《ゆが》んだ唇のあいだから漏れた。

「でも少なくともあたし、それをまだ使いはしませんわ」

ふたたび彼の手はポケットを探《さぐ》った。そしてそこから一枚の紙をとりだすと、それをひろげて彼女の眼前に突きつけた。

「アンガス博士の証明書だよ。アンチモニイが十二グレインはいっているとある。それにまた、これを売った薬剤師のデュ・ヴァルの証明も持っている」

彼女の顔はそれを見るにたえない恐ろしさをたたえている。なにもいうことはない。致命的な罠《わな》にかかった猛獣か何かのように、絶望的に凝視したまま、横になっているだけである。

「どうだね?」と彼はうながした。

絶望と嘆息の身動きをするだけで、答えはなかった。

「どうしてだ? わけが聞きたいのだ」といったとき、彼女の胸に押しこんだ手紙のはじが目についた。たちどころに奪いとる。必死の声をあげて、彼女はそれをとり返そうとしたが、片手でそれを押しのけながら、彼は手紙に眼を走らせた。

「キャンベル! キャンベルだったのか!」

彼女は勇気をとり戻した。もう隠すようなものは何もない。その顔は冷たくひき締った。両眼は短剣のような光りをおびてきた。

「そうよ。キャンベルだわ」

「ああ! 人もあろうにキャンベルだとは!」

彼は立ちあがると、足ばやに部屋のなかを歩きまわった。キャンベル、知られるかぎり最も偉大なる人物、その長い経歴を自己否定と勇気と、選ばれた男のみの持つ美点で貫《つらぬ》いた男。しかも彼でさえ、この魔女の餌食《えじき》となりはてたのか。そして友情の握手を交したこの相手を、たとえ行為ではないまでも意図では、裏切るような卑《いや》しい者に成りさがったとは！　信じがたいことだ――しかもこの情熱こめた懇願の手紙には、無一文の一人の男と運命を共にするため逃げてくれと、彼の妻をそそのかしているではないか。しかしメースンが死ねば、面倒は一挙に片づいてしまうのだが、キャンベルの手紙はどこにもそのことに触れてはいない。悪魔のように呪《のろ》わしいこの計画は、あの完璧《かんぺき》な住居にひそむ深い邪悪な頭から生れ出たものだ。

メースンは百万人に一人の男で、他人には寛大、やさしい同情をもった哲人であり、思想家であった。しばらく彼の魂は怒りのなかに沈潜していた。そのわずかの間ならば、彼は妻とキャンベルを殺害し、明らかな義務を行使した人間として、平静な心で自分も死に赴くことができたであろう。しかし部屋のなかを歩きまわるうちに、より柔かな考えが心のなかを占めはじめた。どうしてキャンベルだけを責められよう？この女の確かな魔性を自分はよく知っているのだ。それは彼女のすばらしい肉体美ばかりではない。もっと独特の力をもっていて、彼女は男を引きつけ、その良心の深奥《しんおう》まで這《は》いこみ、この世に示すには神聖すぎる彼の性質の各部に滲透《しんとう》し、彼を野望のほうへ、時には徳性のほうにさえ、駆りたてるのだ。ちょうどそこでこそ、彼女の網の恐ろしい巧みさが示される。自分の場合がどんなだったか、彼は思いだした。当時彼女は自由の身だった——あるいはそう彼にはみえた——だから彼は結婚できたのだった。だがもし彼女が自由の身でなかったとしたらどうであろう？　すでに結婚している身だったとしたらというのだ。そして同じ方法で彼女が彼の魂を摑《つか》んでしまったとしたらだ。彼はそこで踏みとどまったであろうか？　彼は満たされぬ憧憬《どうけい》を心に抱《いだ》いたままひき下がれたであろうか？　彼は自分のニュー・イングランド魂（訳注　アメリカの東北部の清教徒的開発精神）をもってしても、そうはゆかなかったろうと認めざるを得なかった。ではなぜ、同じ状態に陥《おちい》った不運な友人にたいして、そう腹をたてることがあるのだ？　キャンベルのことを考えるにつれて、彼の心には憐《あわ》れみと同情が満ちわたってきた。

そして彼女はどうか？　彼女はいまソファに長くなっているが、羽の破れた哀《あわ》れなこの胡蝶《こちょう》は、夢は消え失《う》せ、計画は発覚し、未来は暗黒と危険にとざされてしまった。そういう彼女にたいしてすら、憎むべき毒殺者なのだが、不愍《ふびん》さを彼は感じた。彼女の経歴は少しながら彼も知っていた。生れながらの我がまま娘で、矯正《きょうせい》されも叱《しか》られもせず、自分の利発さと美しさと魅力を生かして何でも思いのままにやってきた女だ。世のなかに邪魔ものなど、何一つ出あわなかった。ところがいまや一つの障害が前途に立ちふさがったので、彼女はけんめいになり、我武者羅《がむしゃら》にそれを押しのけようとしているのだ。だがもし彼女がいまそれをとり除きたいのだったら、それ自体自分が不要な男——彼女に心の平和と満足を与え得ない男——である証拠ではないのか？　自分はこの陽気で移り気な女にくらべて、あまりにも謹厳廉直《れんちょく》にすぎよう。自分は北の国の出であり、彼女は南方の生れ、相反するものは結ぶという法則で、しばらくはたがいに強くひき寄せられたが、これは永遠の結合は不可能なのだ。このことを見通しておくべきだった——それを頭にいれておくべきだった。自分のほうが智力《ちりょく》において優れている以上、自分こそ現在のこの破綻《はたん》の責任を負うべきなのだ。彼の心は迷子になった幼児にたいするように、優しく彼女を考えはじめた。しばらくの間、彼は唇をきつく引き締め、両手の爪《つめ》が手のひらに食いこむほど固く握って、部屋のなかを歩きまわった。とつぜん彼はつと動いて彼女のそばに坐《すわ》り、その冷たくて力のぬけた手をとった。一つの考えが彼の頭のなかに浮かんだのだ。「これは騎士道精神からか、それとも柔弱さからか？」この自問は耳のなかで響きわたり、眼前におどりだして、形となって現われてまるで世界中の人たちの読みうる文字と化したように、彼の眼にはっきりと映じたのである。

じつに苦しい心の闘争であったが、彼はついにそれに打ちかった。

「お前は僕たちのどちらかを選べばいいよ。もしもお前がほんとうに——いいかい、ほんとうにだよ——キャンベルこそお前を幸福にする夫だと思うのなら、僕は決してそれを邪魔だてしはしない」

「離婚するのね！」と彼女は喘いだ。

「そういってもいいね」彼の手は毒薬の瓶《びん》を握りしめる。

彼を見やった女の眼には、今までになかった不思議な光りがきらめいた。これこそは彼女の知らなかった男だ。冷静で実際的なアメリカ人の姿はもはやどこにもなかった。その代わりにそこに現われたのは英雄の面影、聖人、自己犠牲という超人的徳性にまで昇りつめた人物を見る思いだった。彼女の両手は致命のガラス瓶を握った手を覆った。

「アーチー、あなたはこんなにまでしたあたしを、許してくれるのね！」

彼は微笑をみせて、「要するにお前は小さなだだっこ娘にすぎないものね」

彼女が両腕を彼のほうへ差しのべたとき、ドアにノックの音がして、女中が、この夢魔の部屋ではすべての動きがそうであるが、例の妙に静かな歩きかたではいってきた。持っている盆のうえに名刺が一枚のっている。彼女はちらりとそれをみて、

「キャンベル大尉《たいい》だわ！　あたし会いたくない」

メースンはハッと立ちあがって、

「とんでもない。ぜひお会いしなくちゃ。すぐにお通し申しておくれ」

数分間おくれて、背のたかい、日やけした若い軍人が案内されてこの部屋へはいってきた。その愛想のよい顔に微笑をうかべてはいってきたが、うしろでドアがとざされ、眼前にある二つの顔が平静な表情にもどると、彼はためらいがちに足をとめ、二人の顔を交互に見やって、

「どうしました？」と尋ねた。

メースンは進み出て相手の肩に手をおいていった。

「僕はなにも悪意なんか持っていませんよ」

「悪意を？」

「そう、僕は何もかも知っているのだ。しかしながら、もしも立場が逆であったら、僕だって同じことをしたかもしれないからね」

キャンベルは一歩さがると、婦人に質問の眼をむけた。彼女は首肯して、その優美な肩をすくめた。メースンは微笑していった。

「これは告白を強いる罠《わな》ではないかなんて、びくつかなくてもよいのだ。僕たちは事を率直に話しあったばかりだからね。ねえジャック、君はいつでも立派なスポーツマンだったね。さあ、ここに瓶がある。どこから持ってきたかは問わんでよい。君か僕

かどっちかがもしこれを飲めば、問題はすべて解決するのだ」メースンの態度は狂気じみており、ほとんど忘我の状態である。「ルシール、どっちが飲もうかね？」

夢魔の部屋にはさっきから不思議な力が働らいていた。そこにはもう一人べつの人物がいたのだ。しかし命がけの劇の盛りあがりに立っている三人は、誰も彼を構いつけもしなければ、考えてもいなかった。彼はいつからそこにいるのか——どれほど長く耳を傾けていたのか——誰も知らない。三人からはずっと離れた隅で、彼は壁ぞいに身をかがめ、不吉な蛇《へび》のような姿で、握りしめた右手をぴくぴく動かすほかは、身動きもせずじっとしていた。四角い箱のかげに身を隠しているばかりか、その箱のうえに巧みに黒い布をかぶせて、自分の顔も隠している。葛藤《かっとう》の展開をさっきから緊張して熱心に見つめていたのだが、いまや彼の介入する時機がきたようだ。だが三人はそんなことを考えもしなかった。彼ら自身の激情の渦にまきこまれて、彼らよりも強い力——この場の状景をたちまち支配してしまう力——のあるのを忘れはてていた。

「勝負とゆく元気があるかね、ジャック？」メースンがいった。

軍人が肯《うな》ずいた。

「いけません！——お願いだから止《よ》して！」女が泣き声をあげた。

メースンは瓶の栓《せん》をとり、脇《わき》テーブルに近づくとカードを一組とりだした。カードと瓶がそこに並んだ。

「お互いに彼女に責任をなすりつけてはならない。さ、ジャック、三枚引きでゆこう」

軍人はテーブルに近づいた。運命のカードを指さきでまさぐった。女は手をついて半身をのりだし、その顔をぐっと前方へのばして、興奮に輝やく瞳《ひとみ》をこらした。


そこで、やっとそこで、一巻がつきた。

不思議な人物が、青ざめた厳しい顔で立ちあがった。

三人はとつぜん彼の存在に気がついた。彼らは熱心な質問のいろを眼にたたえて、彼に直面した。彼は冷たく、悲しげに、勝利者といった態度で三人を見やった。

「どうでした？」三人は一様に尋ねた。

「まずい！」彼が答えた。「なってない！　この一巻は明日《あすと》撮りなおしだ」

五十年後

大宇宙のどこかに存在する渺《びょう》たる一個の惑星であるにすぎないこの地球の表面で、とるにも足りぬきわめて些細《ささい》なでき事がいろんな結果を生み、それがたがいに交錯し、働らきあって、無数の思いもよらぬ実をむすぶことを考えてみると、じつに不可思議な感にうたれる。たとえばここに、どんなに微弱でもよいから、一つの波動を人為的におこさせてみる。それがどこまで伝わってゆき、いかなる結果を招来することか、誰かよく予知しうる者があろうぞ！　ひょっとしたことが悲劇となり、今日《こんにち》の瑣事《さじ》が熟して明日の破滅となるは世に珍らしからぬことである。海底のどこかで一個の牡蠣《かき》が、貝《かい》のなかにまぎれこんだ小さな砂粒を包もうとして分泌物《ぶんぴつぶつ》をだす。そこで一個の真珠が形成される。潜水夫がそれを発見して採取し、仲買人が買いとって宝石商に売る。宝石商はそれを客に売りわたす。買った客のところへ二人組の泥棒《どろぼう》がはいってこれを盗みとるが、獲物の分配のことから喧嘩《けんか》になって、一方が一方を殺す。そのために殺したほうも捕えられて死刑台にのぼらされる。——としたなら、ことの起りは牡蠣という一個の軟体動物の病気から始まって、最後に二人の人間が生命を断《た》たれるまで、事件から事件へ連綿とつながっている一つの連鎖ではないか。もしもこの場合牡蠣のからのなかに砂の小粒がまぎれこまなかったならば、社会に害毒をも流したであろうが、同じほどに幾分の寄与をしたかもしれない二個の生命が、人類社会から消えさることはなかったかもしれないのだ。どれが果して真の些事《さじ》であり、どれが果して真の重大事であるのか、その判別は何人《なんぴと》かよく企及《ききゆう》しえようぞ！

であるから一八二一年にスペインのコルク栽培者ドン・ディエゴ・サルヴァドールが、コルクを英国へ輸出したなら儲《もう》かるであろう、工場をもうけて大規模にコルク製品を生産したなら一層よかろうと、ふと思いついた時にも、うち見たところそれが人生にさほど大きな影響をあたえようとは、少しも思われなかったのだが、しかも事実は、それがため多くの貧しい人々が激しく生活に苦しまねばならなくなったのであった。女たちは泣かされ、男たちは土けいろのさも腹のへった顔つきになり、ドン・ディエゴの聞いたこともない土地を物騒にしたのであった。みんな彼がタバコの煙を輪にふきながら、自分のオレンジ畑の木蔭《こかげ》を気取った足どりで逍遥《しようよう》しているときに、ふと浮かんだにすぎぬ思いつきが生んだ結果であった。この地球上では誰でも、新しい仕事を思いついた場合は、それが貧しい人たちにどう影響するかを一応考えてみなければ実行にはうつせない。それほどこの地球上には多くの人類が棲息《せいそく》しており、そしてそれが微妙な利害関係でむすびあわされているのだ。

ドン・ディエゴ・サルヴァドールは資本家であったから、彼の思いつきは直ちに実行にうつされて、大きい正方形の漆喰《しっくい》ぬりの工場となって現われ、そこでは南国のことで色のあさ黒い二百人の工員たちが、英国の工員であったらとうてい一人も我慢するもののないような安い工賃で、熟練した手さきを巧みに使って働らいた。この新らしい競争者の出現は、数カ月のうちに製品の市価を急激に暴落させ、大工場に少なからぬ打撃をあたえ、小さな工場にいたってはほとんど致命的な痛手をおわせた。二、三の基礎のかたい工場はどうやら仕事をつづけていったが、そのほかのものは人員を減らし、つとめて経費を節約し、さらにはなはだしきは挫折《ざせつ》してみずから工場を閉鎖するものも一、二あった。この最後に述べたもっとも悲惨な部類にぞくするものに、ブリスポートのふるい信用あるフェアベアン兄弟工場があった。

フェアベアンの工場がこの悲しい運命にあったのには、いろいろの原因が重なっていたのだが、ドン・ディエゴがコルク工場をおこしたことが問題を決定的にした。二代まえのフェアベアン氏がこの仕事を始めたとき、ブリスポートは過剰な人口の吐《は》けぐちもなければ、新らしく仕事を求めることもできないという、哀れな状態にあるひとつの漁村にすぎなかった。だから人々はどんな条件にしても安全な、中断のおそれのない仕事口のできたことをたいへん喜んだものだったが、今日《こんにち》ではがらりと状況がかわってきた。なぜといって、ブリスポートの寒村はすばらしく発展してデヴォンシャー地方の一中心地となり、労力の需要も報酬もそれに比例して増してきたからである。そのうえ輸送機関が未開で交通が緩慢であった旧時代には、エクシターやバーンステープルのブドウ酒商は、近くのブリスポートから喜んでコルクを仕入れたが、いまはロンドンの大会社が競争で出張員を出して地方の顧客を奪いあうので、利益はほとんど一文もないところまで競《せ》りおとされてしまった。それでこの工場もながいこと難しい立場におかれていたわけであるが、こんどの暴落が万事を決定して、専務のチャールズ・フェアベアン氏もついに閉鎖を宣するのやむなきにいたったのであった。

十一月の霧ふかい陰気な土曜日の午後であった。工員たちは最後の賃銀をわたされ、ふるい歴史ある工場はいよいよ閉鎖されることになった。心配そうな顔をし、悲しみにやつれたフェアベアン氏は、出納係《すいとう》のわきの一段たかくなった場所にたって、あとからあとからと列をなしてくる工員たちに出納係が、銀銅貨をとりまぜて賃銀をわたすのを見ていた。こうした場合使用人というものは、金を手にするやいなや子供が学校から放たれたときのように、元気よくなにか喋《しゃべ》りあいながら散ってゆくのが常であるのに、今日はいつもとちがい、彼らはそのまま三々五々大きく殺風景な部屋のあちこちに集まって、主人のうえに降りかかってきた不幸を声をころして論じたり、自分たちの将来のことを話しあったりしてその場に残っていた。テーブルのうえにおかれた金《かね》の最後の一枚までが渡しつくされ、出納係がその最後の伝票をしらべおわると、そこにいた者たちは全部、今日まで主人であった人のほうへ視線をむけて、その人からなにか挨拶《あいさつ》でもあるかとじっと鳴りをひそめて待ちかまえた。

チャールズ・フェアベアン氏にとっては、それは思いも設けぬことであったから、ちょっと当惑を感じた。彼はたんに毎週の常例で、専務の役目としておつきあいに立っていたのに過ぎなかった。そしてもともと寡言《かげん》で目さきもあまりよく見える人ではなかったから、とつぜんなにかいわなくてはならなくなるとは、少しも予期していないのであった。で、白いきゃしゃな指さきでほっそりした顎《あご》のあたりを神経質になでまわし、顔のモザイクででもあるようにいっせいに自分のほうを振りあおいでいる、まじめくさった顔を見おろしていたが、しばらくして喉《のど》にかかるような声で話しだした。

「諸君、諸君とお別れしなければならぬことを、私は悲しく思います。今日はわれわれにとって悪日であるとともに、このブリスポートにとっても何たる悲しむべき日でありましょう！　過去三年間わが工場は、事業上の損失を重ねてきたのであります。しかしわれわれは市場に何らかの転機がくればという希望のもとに、事業を継続してきたのでありますが、残念ながら事態は日一日と悪化してゆきます。こうなりました上は、もはや万事を放擲《ほうてき》するほか破滅を免がれる方法はないのであります。どうぞ諸君があまり遠からぬうちに、それぞれ適当な職につかれますよう、ひそかに祈っております。それではこれでお別れです。神よ、この人々のうえに恵《めぐ》みをたれたまえ！」

「神よ、このかたのうえに恵みを与えたまえ！　神よ！」人々は口ぐちにだみ声でそう唱和した。

「チャールズ・フェアベアンさんの万歳を三唱しましょう」眼つきの利口そうな才走った青年が、とつぜんベンチのうえにつったって、ハンチングを振りながら叫んだ。人々はそれに和して万歳を三唱しはしたけれども、それにはどこか力が欠けていた。あの力はほんとに心から歓喜に満ちたときでなければ出せないものなのだ。万歳がすむと工員たちは屋外へと出ていった。長い樅《もみ》の仕事台やコルクの散乱している床《ゆか》や、ことに、悲痛ないろを浮かべて悄然《しょうぜん》とたっている人――粗野なわかれの挨拶をうけて両頰が紅潮したフェアベアン氏を見かえり見かえり出ていった。

「ハックスフォード君」出納係の男がさきほど万歳を主唱した青年の肩に手をおいていった。「フェアベアンさんが話したいことがあるそうだよ」

若い工員であるハックスフォードは振りかえって、今日まで主人であった人のほうへ向きなおり、ハンチングをくるくる回しながらおずおず立っていた。そのあいだに人々はぞろぞろと戸口から出ていって、やがて誰もいなくなってしまった。すると濃い霧がはばかりなく戸口からもくもくと、人気《ひとけ》のない工場のなかへ入りこんできた。

「ああ、ジョン」とそれを見てフェアベアン氏はとつぜん黙想からめざめて、テーブルのうえにあった一通の手紙をとりあげながらいった。「お前は子供のときから永《なが》いことよく勤めてくれた。聞けばこんどのとつぜんの失職で、いちばん困るのはお前らしいが……」

「ええ、この四旬節《レント》(訳注　春の四十日間、荒野のキリストを記念する)まえに、私は結婚するはずだったんです」ハックスフォードはテーブルのうえにあった型《かた》のうえを、がさがさした食指の腹でなでながら答えた。「だから一番さきに私は仕事にありつかなきゃならないんです」

「ところがその仕事口が今はなかなかないからねえ。そしてお前は今までここばかりにいたのだから、おいそれとほかの仕事にはまるものではない。そりゃお前もここでは職長を勤めていた男だが、だからといってそんなことがなんの役にも立ちはしない。なぜといって、いまは英国じゅうの工場がどこでも人べらしをしていて、欠員なんかどこへ行っても一つだってないのだからね。お前——ばかりではない、みんなそうなのだが、前途が暗い」

「ではどうしろと仰《おっ》しゃるのですか?」

「それについていま話そうと思ったのだが、ここにカナダのモントリオール（訳注　カナダの東部、アメリカにごく近い）のシェリダン・エンド・ムーアの工場から、よい工員監督が一人ほしいといって来ているのだ。お前がいいと思えば、こんどの便船でいったらどうだ?　給料もここなんかで出せるよりも、くらべものにならぬほどよい」

「えッ!　ほんとですか?　ありがとうございます」ハックスフォードは勢いこんで、「メアリー——というのが彼女の名前なんですが、あれもあなたのご親切はどんなにか喜ぶでしょう。どこにもあきのないことは仰しゃるとおりです。これでもし仕事をさがし回らなければならないようだったら、家《うち》をもつためと思って少しずつ残しておいたものも、あらかたなくなってしまうだろうと悲観していたところです。でもお許しを得て、きめるまえに一応メアリーに相談したいと思います。ちょっと二、三時間返事をお待ち下さいませんでしょうか?」

「郵便船は明日《あす》でなければ出ないのだから、もし行くことになったら、今晩お前が自分で手紙を書いたらよい。ここに先方の手紙がある。このなかに宛名《あてな》が書いてあるから……」

ジョン・ハックスフォードは心から感謝して、その大切な手紙を受けとった。一時間前までは彼の前途は暗黒であったのに、いまや一筋の光明が西方に現われたのだ——しかも今までよりはよい条件をさえもって！　彼はフェアベアン氏に向って、心の歓喜を語るべき言葉を何かいいたいと思ったが、何ごとにも感情をあまり露出しないイギリス人の常として、言葉すくなに、それもつまりがちに、おずおずとお礼をいうだけであった。フェアベアン氏も同じように口不調法な返答をしただけだった。ハックスフォードは一礼してくるりと回り、そのまま霧のなかへ飛びだしていった。

霧は深かった。家々はただぼんやりと、輪郭だけしか見えないくらいであった。でもハックスフォードは躍るような足どりで、急いでくねくねした横町へ曲ってゆき、漁夫が網を干している塀のまえを通って、鯡《にしん》の匂《にお》いのぷんぷんしている丸石を鋪《し》いた小路から、白塗りの小さな家が海に面してつつましく並んでいるところへと出た。そしてその一軒の戸をコツコツと叩《たた》き、返事も待たずに桟《さん》をはずして中へはいっていった。

なかには銀髪《ぎんぱつ》の老婦と二十まえらしい若い女とが、炉の両がわに腰をおろしていたが、若いほうの女は彼のはいってゆくのを見るとつと立ちあがった。「何かよいことがあったのね、ジョン？」彼女はハックスフォードの両肩に手をかけて、じっとその眼のなかを見いりながら叫んだ。「あなたの足音でそれがわかるわ。フェアベアンさんが結局あの工場を続けてゆくことになったのでしょう？」

「いや、そこまでよくはないのだけどね」と彼は女のふさふさした鳶《とび》いろの髪の毛をかきあげてやりながら、「カナダに口があるが、行かないかというんだ。給料は多い。で、メアリーがそれに賛成なら、行こうと思うんだ。そして私だけさきに向うへいってから、メアリーはお婆《ばあ》さんといっしょに後からくればよい。どうだ、メアリー、どう思う？」

「どうって、あなたの正しいと思うことが、一番いいのだわ」少女は青じろい顔にも榛《はしばみ》いろの両眼にも、信頼しきっている気持を現わしてしずかにいった。「でもお婆さんが可哀《かわい》そうね。海は大丈夫でしょうか？」

「ああ、わたしのことなら心配しないでいいよ」老婦がいそいそとしていった。「わたしはけっしてお前たちに厄介はかけないよ。お婆さんをつれていってくれるというなら、なんのカナダくらいまだまだ平気だし、行かないほうがよいというならここに留守をしていて、お前たちが帰ってきたくなったとき、いつでも住めるように、よく世話をして待っていようよ」

「もちろん行ってもらわなきゃ困るのですよ」ハックスフォードはうれしそうに、にこにこしながらいった。「お婆さんをあとに残して行くなんて、そんなことができるものですか！　ねえメアリー。それどころか一緒にいってもらって、モントリオールでちゃんと結婚式をすませて、町じゅうを探してこんな風な家を求め、壁にもここと同じにつる草を絡《から》ませて、冬の夜などは三人で炉のはたに集まっていろんな話をしたら、ここにいるのと同じに請《うけ》あって楽しいにきまっている。それに海を渡るとはいっても言葉は同じなんだし、同じ国旗の土地だし、決して外国へいっているような気はしないよ」

「それはもちろんそうだわ」メアリーは確信をもって答えた。彼女は肉親といってはこの老いたる祖母一人しかない身のうえで、愛する男の手助けになる立派な妻でありたいという願いしかもっていないのだった。彼女はジョンと一緒でさえあるならば、どこにいても幸福であると信じて疑わなかった。もしジョンがカナダへ行くなら、ブリスポートにどんなよいことがあろうとも、カナダが彼女にとっては故郷となるのだ。

「こんばん返事を書くのだけれど、それでは承知していいね？」ジョンがいった。

「二人とも私とおなじ考えだとは思ったけれど、でも一応相談してみないうちは、勝手にきめてもいけないと思ってね。では私は一、二週間のうちには出発するから、今から二カ月のうちには向うでちゃんと準備して、二人の来るのを待つことにする」

「でもその手紙のくるまでが、とても待ちどおしいわ」メアリーはジョンの手を握りしめながら、「でもそれは神さまの思《おぼ》しめしね。だから忍耐しなければなりませんわ。さ、ここにペンと紙があるから、そこへ坐《すわ》って手紙をお書きなさい。私たち三人を海の向うへ連れてゆく手紙を」

ドン・ディエゴのふとした思いつきが、このデヴォンシャーの小さな町でこうした事を起こそうとは！　ジョン・ハックスフォードは承知のむねを申し送っておいて、すぐに出発の準備をはじめた。モントリオールの会社からは、確実に椅子《いす》をあけて待っている故《ゆえ》、フェアベアン氏の推薦《すいせん》する人物なら、すぐに来任するようにと書いてきていたからである。二、三日もせぬうちに彼の貧弱な荷物は始末ができたので、ハックスフォードはケベック行きの船に乗るため、海路リヴァプールをさして出発することになった。

「ねえ、ジョン」とメアリーはブリスポートの小さな波止場《はとば》で、ジョンの胸のなかに抱きしめられながらいった。「いまの家は私たちのですから、何かあったらすぐにここへ逃げてこられるのよ。向うへいってみてから面白くなかったとしても、これさえあれば住むところだけは困らないのよ。あなたから来いといってくるまでは、私たちじっとここで待っているわ」

「うん、すぐに呼びよせるからね」とジョンは心からうれしさに浸って、最後の抱擁《ほうよう》をしながら、「じゃあさよなら、お婆さんもさよなら」

船が一マイルの余も沖に出るまで、波止場の突端の灰いろの石のうえに立って、手を振りながら見送っている二人の姿がみえていた。最後に小さな点のようになってしまって、それが町のほうへひき返して群衆のなかへ姿のかくれたときは、ジョンはがっかり気おちがして、なんだか災難でもきそうな気がした。

ブリスポートに寂《さび》しくのこされたメアリーたちは、セントローレンスという三檣《さんしょう》帆船《はんせん》でいま出帆するところだと、リヴァプールからの手紙をうけとり、それから六週間たって無事ケベックに着いたしらせと、カナダの第一印象をかいたやや長文の手紙をうけとった。けれどもその後は杳《よう》として彼からたよりがなかった。幾週間待っても幾月待っても、彼からは一片のたよりもなかった。一年がすぎた。やがて二年目も終った。依然として海の彼方《かなた》からは音沙汰《おとさた》がない。シェリダン・エンド・ムーア工場に手紙をだして問いあわせたが、工場からはジョン・ハックスフォードなるものから先年赴任するという手紙だけはきたけれど、手紙だけで本人はとうとう来なかったから、止《や》むなく他から人をいれたという返事がきた。それでも信じきっているメアリーと老《ろう》婆《ば》とは、そら頼みの吉報をまった。朝ごと熱心に郵便配達のくるのを待った。それがあまり熱心なので、気のやさしいその配達夫は、窓から青じろい顔が二つ覗《のぞ》いているのを見るに忍びず、わざと回り道までして、メアリーの家のまえを通るのを避けることさえ度々だった。そしてジョンが出てから三年目に、老婆はついにジョンからのたよりを見ることなく死んでしまった。たった一人でとり残されたメアリーは破れた心をいだき、遺《のこ》された乏しい年金でできるかぎりの暮しをほそぼそとたて、愛する人のことを思いながら、日夜もの思いに沈むのであった。

けれどもこのデヴォンシャーのさかしい田舎人《いなかびと》の間では、ジョン・ハックスフォードの消息のたえたことを訝《いぶ》かるものなぞ、とっくの昔から一人もありはしなかった。彼らにいわせれば、ジョンがカナダのケベックに安着したのは事実であった。それは彼の手紙のきたことで証明されている。では彼はケベックからモントリオールへ行くまでの途中で、とつぜんのでき事から生命《いのち》を失ないでもしたのか？　もしそうだとすれば警察の調べがあるだろうし、警察の調べがあった以上、のこった荷物から身もとが判明しなければならぬはずである。然《しか》るに向うの警察は照会にたいして、そのような取調べを行なったこともなければ、またそのような若い英国人と推定される死体を発見したこともないと確答をよせている。してみれば余すところは、ジョンがこの機会にすべてのふるい絆《きずな》をふりすてて、米国にでも渡って変名で新生活にはいるつもりであったのだと見るよりほかない。ではなぜ彼がそうした思いきったことをする気になったか、それは誰にもわからないが、とにかく結果からみてそうであることは間違いあるまいというのである。だからメアリーが毎日の買いだしに行くため波止場《はとば》の付近を通りかかると、その悲しみにみちた青じろい顔をみて、陽《ひ》にやけた漁夫たちは口々にジョンの非道を鳴らすのであった。いまもしジョンがひょっくりこのブリスポートに帰ってでもきたならば、彼は自分の行為についてよほどうまい理由をつけて説明しないかぎり、乱暴に罵《のの》しられ、ひどい仕打ちをうけるに違いあるまい。けれども、人々は一般にそう見ているけれど、ひたすらにジョンを信じている寂しいメアリーは、けっしてそんな気は起こさなかった。彼女のこの悲嘆や不安が、歳月の流れるにつれて一時でも、ジョンの真実への疑いで褪《あ》せるようなことは決してなかった。若く美しく生き生きしていた彼女は、こうしていつしか中年期にはいり、奇《く》しくも奪いさられた幸運の戻《もど》ってくるのを（それはこの世でならよいし、来世でも戻ってさえくればよいのだが！）貧しくそして侘《わび》しく忍耐つよく、貞節をまもり、力のおよぶ限りはよいことをと心がけながら待ち暮したのであった。

さて、つぎにジョン・ハックスフォードであるが、ブリスポートの多くの人々の意見を代表していた二つの見かた、すなわちジョンは死んだのであろうという説も、いや彼は信義なき非道漢であるといった説も、どちらも事実の真相ではないのであった。彼は生きていたのだ。そしてその信実にはいささかも曇りはなかったのだ。ただ運命の神の気まぐれから、選ばれてその犠牲になったにすぎないのだ。このような事はきわめて珍らしいでき事であるから、一部の士は信じないというかもしれぬが、確実な証拠をもって、決してあり得ない現象ではないことが、証明できるのである。

希望と勇気にみちてケベックに上陸したジョン・ハックスフォードは、どこよりも安いのをとりえに、とある裏通りに煤《すす》けた一室を求め、自分の全財産をおさめてある二個の箱をそこへ持ちこんだ。ところが、いったん決めてしまってから、主婦も同宿人もいやな人物ばかりなのを発見して、すぐにもどこか他へ移りたいと思ったけれども、モントリオールゆきの乗合馬車が出るまで一日か二日のことであるから、そのあいだだけ不愉快を忍べばよいのだと思いなおして、我慢することにした。無事着いたことを故郷に待っているであろうメアリーに知らせてから、彼はできるだけ町を見物しようと思って一日中歩きまわり、夜に入ってから自分の部屋へ帰った。

ところが、ハックスフォードの選んだこの家というのが、不幸にして名うての悪下宿の一つであった。彼にこの家を教えたのが、平常から波止場のあたりをうろついていて、新しく渡来するものをうまく騙《だま》してこの家へ連れこむべく網をはっているポン引の一人であったのだ。デヴォンシャーの単純な田舎者《いなかもの》であるハックスフォードは、その男の誠しやかな態度と親切らしい申し出に、すっかり騙されてしまったのであった。もっとも直覚的に何とはなく不安は感じたのだが、彼は不幸にもすぐに逃げだそうとはしないで、自分を押さえつけてしまった。終日外出していて、同宿人たちとなるべく顔をあわさないようにするだけで、彼は満足していた。けれども主婦は、彼の不用意に漏らした言葉からはやくも、彼がこの土地には一人の知人もなく、たとえ変事があっても誰も心配したり、尋ねにきたりするはずのない他国ものであるのを見てとった。

この家は水夫たちを騙して金品を奪うばかりでなく、この港を出てゆく船に船員を供給する——人事不省のままで船中へ運びこまれ、気のつくころには船がセントローレンス河をはるかに下《くだ》っているからどうすることも出来ない、一種の船員を供給するのだという悪評のたかい家である。その商売がら彼らが麻酔剤に詳しいところから、この単独の旅人にそれを応用して、彼の所有品を掠奪《りゃくだつ》することを思いついたのであった。昼間は部屋に鍵《かぎ》をかけてその鍵をもって出ているけれども、夜になってから薬を使って眠らせれば、自由に掻《か》きまわして箱のなかを調べることもできるし、あとで紛失もののことを尋ねられてもそれは思いちがいか、でなければ自分でどこかへなくしたのだろうと、ごまかせるというものだ。いよいよ明日はモントリオールに向って立つという前の晩のことであった。ハックスフォードがそとから帰ってくると主婦が待ちかまえていて、主婦の商売の助手である二人のいやな息子とともども、一杯のポンチをつき合わぬかとすすめた。ひどく寒い晩のことで、香りたかい湯気をみるとハックスフォードは、なんの疑念もなく喜んでそれを飲みほし、自分の部屋へ帰ってから服もぬがずにそのまま寝台にからだを投げだしてすぐ熟睡にはいった。そしてまもなく三人のものが忍びこんできて、二つの箱をあけて中を探しだしたのを少しも知らなかった。

けれども、薬の利《き》きかたが早かっただけに、その効果の消えるのが速《はや》かったのか、それともハックスフォードのからだが異例な健康体であったため異例に速く醒《さ》めたのか、とにかく彼はとつぜん目をさまして、三人の悪漢たちが獲もののまわりに屈《しゃが》んで、盗《と》る値うちのある品と、役にたたぬため残しておくものとに選りわけているのを発見した。はっとして彼ははね起き、一番手ぢかにいた奴《やつ》の襟首をつかんで、開けはなしてあった戸口からそとへ投げとばした。弟のほうがすぐに躍りかかってきたが、若いハックスフォードの顔をねらった一撃にあって、その場へ倒れた。けれども不幸なことには、その拍子に彼自身もからだの釣り合いを失して、懸命の努力もかいなく、いやというほど強く腹ばいに倒れた。そこへ、彼のまだ起きあがらないところへ、勇敢な老婆がとびついてきて背なかを押さえつけ、早く火搔棒《ひかきぼう》を持ってこいと金切声で息子に命じた。ハックスフォードは力いっぱいに老婆をはねかえして起きようと踠《もが》くうち、うしろから鉄の火搔棒でしたたかどやしつけられたため、そのまま気を失なってしまった。

「あんまりひどく打ちすぎるじゃないか、ジョーは」と老婆は長くなっているハックスフォードを見おろしながら、「骨の折れた音がしたよ」

「あのくらいにやらなきゃ、こっちの手におえなかったんだもの」ジョーはふくれ面《つら》で答えた。

「手におえないたって、殺すにゃ及ばないやね。間ぬけだね」こうした場所の数をふんでいる彼女は、ただ気絶するだけの打ちかたと、殺してしまう打ちかたとをよく心得ているのであった。

「まだ呼吸《いき》はしてらあ」ジョーでないほうがハックスフォードのからだを調べてみながらいった。「ただ頭のうしろが石榴《ざくろ》のようになってる。頭が毀《こわ》れたんだから、とても保《も》つまい。いったいどうしたらいいんだ？」

「生きかえらなくていいんだ。あたりめえの報《むく》いよ。おれのこの顔を見てくれ！　ときにお母さん、家《うち》にはいま誰かいるのかい？」

「酔っぱらいの船員が四人いるきりだよ」

「じゃ音をさせたって気はつくめえ。表にもだれも通ってやしない。おい、ジョー、ちょっとこいつを運びだして、そこいらへ棄《す》ててこよう。ほっとけば死んじまうだろうから、誰もわれわれを疑うものなんかないよ」

「じゃポケットをさがして、紙きれのようなものはみんな抜いておくほうがいい」老婆が注意した。「ひょっとして身もとでもわかると困るからね。あ、それから時計もだよ。お金《かね》は三ポンドきりかい？　でも何もないよかよかろうよ。さあ、では早く運び出してしまいな、落さないようにね」

兄弟は靴をぬぎすてて、瀕死《ひんし》のハックスフォードをかつぎおろし、人気《ひとけ》のない往来を二百ヤードばかりいって、雪のうえへ棄ててきた。それを程へて巡回の警官が発見し、鎧戸《よろいど》をはずしてきて、病院へ運びこんだので、宿直の医者がすぐに頭部をしらべて繃帯《ほうたい》はしたが、十二時間以上は保つまいとのことであった。

けれども、やがてその十二時間はすぎたが、ハックスフォードは死ななかった。つぎの十二時間がすぎたが、依然として彼は生きようと踠《もが》いていた。三昼夜を経過してもやはり息のかよっているのを見た医者たちは、この異常な生命力に興味をおぼえて、当時の流儀でこれに瀉血術《しやけつ》をほどこし、砕けた頭部を氷のうでくるんだ。この処置のためであったか、それともこんなことには関係なしにか、一週間の昏睡《こんすい》ののちにハックスフォードはとつぜん、むにゃむにゃとわけのわからぬ声を発して、係りの看護婦を驚かせた。みるとそのとき彼は寝台のうえに半身おきあがって、不思議そうにあたりをきょろきょろしているのであった。報《し》らせによってそれを見に集まってきた医者たちは、手あてが功を奏したことを互に喜びあった。

「お前は墓穴のふちまでいっていたのだよ」と医者の一人は静かに彼を枕《まくら》につかせながらいって聞かせた。「気を静めていなければいかんよ。名はなんというのかね?」

きらきらと眼を光らすばかりで、病人は答えなかった。

「どこから来たのかね?」

やはり答えはない。

「気が狂っているのだ」べつの医者がいった。

「さもなければ外国人なのだろう」第三のがいった。「つれこまれたときは、名刺も手紙も持っていなかった。シャツにはJ《ジエー》・H《エツチ》と頭字《かしらじ》がはいっていたがね。フランス語やドイツ語で尋《き》いてみよう」

医者たちは彼らの知るかぎりの言葉を試みたがどれも失敗におわり、すべてを放棄して、無言の患者がいたずらに狂暴な視線を、白ぬりの天井に向けるがままにしておく他《ほか》なかった。

いく週間かジョン・ハックスフォードは病院の寝台に臥《ね》たきりであった。そのあいだ彼の身もとを知るべき手掛りはないかと、さまざまな努力がなされたが、いずれも失敗におわった。日のたつにつれて、過去のことはまるで忘れつくしているけれども、現在の精神状態はまったく健全であることを彼は示した。それは挙動でわかるばかりでなく、言葉をおぼえかけた子供のように、しだいに片言《かたこと》をいうようになってきた知力でも知られた。けれども頭を打たれた瞬間から、過去のことはぜんぶ、完全に記憶を失なっているのであった。自分の名も知らず、言葉はもとより故郷も知らず、そのほか何一つ覚えてはいなかった。医者たちは彼をめぐって学術的相談会を開き、記憶中枢《ちゆうすう》や頭蓋《ずがい》骨板の圧凹《あつおう》を説き、神経細胞の錯乱《さくらん》を論じ、大脳充血を云々《うんぬん》したが、彼らがどんなにむずかしい術語をならべて論じようとも、要するに記憶を喪失《そうしつ》しているという事実から出発して、最後にはやはり記憶を喪失しているのだという事実に戻《もど》ってくるしかなかった。しかもそれは医学の力では如何《いかん》ともなしえぬところであった。

あきあきする数カ月の回復期のあいだに、ハックスフォードはしだいに読むこと書くことを覚えこんだ。けれども彼がいかに力づいても、もはや昔の彼はけっして戻ってこなかった。イングランド、デヴォンシャー、ブリスポート、メアリー、お婆《ばあ》さんという言葉を見ても聞いても、彼の心にはなんの思い出もなかった。すべてが暗黒のうちにあった。

ついに彼は退院させられた。友もなく職もなく金《かね》もなく、過去をもたず未来にも大した期待のもてない一個の青年として、彼は世に出された。世に出るには名がいるので、ジョン・ハックスフォードのかわりに、ジョン・ハーディという名が与えられた。これがスペインの一紳士ドン・ディエゴがタバコの煙から得た思いつきの生んだ不思議な結末であった。いや、まだ結末ではないのだ。

ジョンのこの事件は、ケベック市では相当の興味をもたれ議論されていたので、病院の門を出た彼はその日から路頭に迷いはしなかった。マッキンレーというスコットランド出の工場主が、自分のところで人夫に使うことにしてくれたからである。その工場で彼はながいあいだ、一週七ドルで貨車の積みおろしをつとめていた。けれども幾年かたつうちに彼の記憶力が、ハックスフォード時代のことはまるで頭にないが、その後のことはよく記憶しかつ正確であることがわかって、工場から計算係にまわされ、一八三五年には年俸百二十ポンドで書記の末席をしめるまでになった。それから堅実に一歩一歩と努力によって彼は自己の地位をたかめ、全精神を仕事に打ちこんでいった。一八四〇年には第三位の書記となり、一八四五年には二番となり、一八五二年にはこの大工場の支配人にまでのぼり、主人のマッキンレー氏につぐ人物となった。

ジョンのこのトントン拍子の出世はけっして偶然でもなければ情実でもなく、彼自身の大いなる才能のためであったのだから、恨むものなどほとんどなかった。朝ははやくから夜おそくまで、書類を調べたり計算を検《ただ》したり仕事を監督したり、営々として主人のために働らき、部下のものには仕事を愉快に献身的にやる模範を示したりした。一つ地位が進むごとに彼は俸給もましたが、それがために生活様式をかえるということはしなかった。ただ貧しいものたちにたいして一層寛大になるということが、変りかたの全部であった。支配人になったときは、二十五年まえに自分が救われた病院に、千ポンドの寄付をして人々を驚かせた。彼は寄付や施しに使って残ったものを全部仕事のほうへ打ちこんで、一年に四回だけ自分の生活費として引きだすに止《とど》まった。しかも彼は支配人になっても依然として、倉庫人夫時代に住んだ汚ない部屋をすてなかった。世間的にはこれだけ出世をしておりながら、彼は寡言《かげん》で陰気で寂《さび》しい習性の、つねに漠然と何かにあこがれているとでもいうか、なんとなく不満そうでいて、そのくせ奥底には情熱をもっておりそうな男になっていた。またしても過去の記憶をよび戻《もど》して、幕でもたれたように捕えどころのない青年時代を思いだそうと脳漿《のうしょう》をしぼり、ながいこと炉のまえにつくねんとしてみるけれど、頭がずきずき痛んでくるだけで、どうしてもジョン・ハックスフォードであった時代のことを想起することはできないのであった。

あるとき彼は工場の用事でモントリオールへいって、小さなコルク工場を訪《おと》ずれたことがあった。その工場こそ偶然にも、彼がイギリスから海を越えてはるばると来た目的の工場であったのだ。職長の案内で工場を歩きまわりながら彼は、自分でも何をしているのか気がつかなかったのだが、ポケットから小さなナイフをだして、無意識にひろいとった小さなコルクの四角なきれを切った。さっさっと手ぎわよく切りこんだだけで、それは勾配《こうばい》のついたちゃんとしたコルクの栓《せん》になっていた。その栓を職長はジョンの手からとって、老練な眼でしらべてからいった。

「これは、――あなたはコルクを切るのが初めてではありませんね、ハーディさん」

「そんなことはありませんよ。私はコルクなんか切ったのは初めてです」ジョンは微笑をうかべて答えた。

「嘘《うそ》でしょう？　じゃこのコルクをもう一度切ってみせて下さい」職長が叫んだ。

ジョンはベストをつくして、同じことを繰りかえしてみた。けれども熟練工の腕に支配人の頭脳は邪魔であった。腕そのものは昔日《せきじつ》の練達さを忘れてはいなかったのだが、ただその欲するがままに放任されていなければならなかったのだ。コルクについて何らの知識をもたぬ者の意志の支配など受けたのがいけなかった。二度目にジョンの切りだしたものは、なめらかな肌《はだ》をもった最初の栓とは似ても似つかぬ、ぎざぎざだらけの円柱にすぎなかった。

「やはり偶然だったのですかねえ。よほど熟練しなければ、こんなには出来ないのですよ」

年のたつに従って、英国人であるジョンのなめらかな皮膚は汚れて皺《しわ》ができ、胡桃《くるみ》のようになってしまった。頭髪も灰白色になった時代の幾年かをすぎて、ついに彼の第二の故郷であるカナダの冬のように雪白になってしまった。でも、それほど老《ふ》けながらも、彼は依然として強壮で腰もしゃんとしており、ながねん勤めてきた工場を引退したときには、老齢七十の重荷を勇ましくもかるがると支えて立ったのであった。とはいっても、あの遭難のとき幾歳であったのか、推定以上のことは出来なかったのだから、彼には妙なことに、自分の年齢が判然とわからないのであった。

仏独戦争がおこった。（訳注　一八七〇年から一八七一年）この二大強国がたがいに必滅を期してたたかっているあいだ、中立諸国はしだいに二国の商品を市場から駆逐していった。そのために英国のあまたの海港は利益をうけたが、ブリスポートの港ほど利益をあげた港は他になかった。一個の漁村であったのは昔のこと、そこは今や大きく繁華な港となり、その昔メアリーが立ってジョンの船出を見おくった荷揚場はなくなって、そのかわりに大きな埠頭《ふとう》ができ、美しい家並《やなみ》が展開し、堂々たるホテルがいくつも建って、この西部地方の上流の人々が転地を要するときは、みんなそこへやってきた。このすばらしい発展がブリスポートを付近商業の中心地たらしめ、そこから出る船は世界のあらゆる港に出入りするようになった。だから、そのなかの幾艘《いくそう》かがセントローレンス河まではいってきて、ケベックの埠頭にいたからとて、ことにそれが一八七〇年のあの忙しい年のことであってみれば、さらに不思議はないのであった。

ある日、退職いらい時間のありすぎるのをもて余していたジョン・ハーディは、ほうぼうで蒸汽巻揚機《スチーム・ウィンチ》のがらがらいう音をきいたり、大きな樽《たる》や箱が荷あげされて埠頭に積まれるのをながめたりしながら、そのあたりをぶらついていた。大きな遠洋汽船のはいってくるのが見えた。それが無事に碇泊《ていはく》してしまうまで見物してから、その場を去ろうとしたジョンは、ふとそばにいたふるい三檣船《さんしょうせん》の甲板《かんぱん》でなにかいった言葉が耳にはいった。それはごく平凡な何かの命令をどなったにすぎなかったのだが、変に耳なれないようでもあり、またきわめて親しみのある声のようにもひびいた。で彼はその船のそばへいってじっと耳を傾けた。仕事をしながら彼らの話している言葉はみんな、同じ訛《なま》りをもっていた。なぜあの話し声がこうも気になるのであろう？ 彼はそこにあったロープの環《わ》に腰をおろして、両手でこめかみのあたりを押さえながら、ながいあいだ忘れつくしている方言をむさぼり聴き、心の底から湧《わ》きあがってくる無数のもうろうとした記憶の断片をつなぎあわせようとしてみた。それからふと立ちあがって船尾のほうへゆき、そこに書かれてある船名を読んでみた。ブリスポート港サンライト丸とあった。ブリスポート！ これもやはり彼の心を波だたせる音《おん》であった。なぜあの水夫たちの方言が、こんなに自分の心を騒がすのであろう？ 彼は考えに沈みながら家のほうへ歩いていった。その晩彼は終夜眠りもやらず、寝床のうえを輾転《てんてん》反側《はんそく》しながら、すぐそばにあるようで、どうしても手の届かぬあるものの影を心で追った。

つぎの朝ははやくからデヴォンシャーの水夫たちの言葉に耳を傾けながら、埠頭をゆききしている彼の姿が見られた。水夫たちの一語一語が彼の失なわれた記憶をよび戻し、彼を光明に近づかせるらしかった。水夫たちはときどき手を休めて、見しらぬ老人がじっと耳を澄ましているのを笑ったり、揶揄《やゆ》を投げたりもした。その揶揄の言葉のうちにさえ、この罪なき流竄《るざん》のジョンはなつかしい響きを感じ、自分が青年時代に聞いたと同じいい回《まわ》しをみるのであった。英国人はけっして新らしい洒落《しやれ》や揶揄を発明するということがなく、誰でもがふるくからのいい回しをそのままに踏襲《とうしゆう》しているのだから、それはきわめて自然なことであったのだ。それで彼はながい一日をそこに坐《すわ》りとおして、西英国デヴォンシャーの方言のなかに浸《ひた》りながら、記憶にかかる霞《かすみ》の晴れわたるのを待った。

水夫たちが中食のため仕事をやめたとき、そのなかの一人が好奇心からか、あるいは心からの好意をもってか、老いたるジョンのそばへやってきて声をかけた。ジョンは自分の腰かけている丸太《まるた》に並んで腰をおろさせて、その水夫の故郷《ふるさと》のことや、町のことをさまざまに尋ねた。水夫はそれらの質問によどみなくいちいち答えてくれた。船員にとって自分の故郷《ふるさと》のことほど、語るに楽しいことは世のなかにないのだ。故郷《ふるさと》のことを語り、自分が単なる漂泊《ひようはく》の存在ではなく、静かな落ちついた生活にはいろうと思えばいつでも、喜んで自分を迎えてくれる家庭《ホーム》をもっているのだということを相手に知らせるのが、彼らにとっては喜びであったのだ。この水夫の話も、タウンホールのことからマーテロ塔《タワー》にとび、広場《エスプラネード》へ行き、ピット街からハイ街へと延びていった。話がハイ街までくると、ジョンはとつぜん長い手をさしのべて相手の手首をつかみ、小声で早口に尋ねた。

「お待ち、若いの。ほんとうのことをよく教えておくれ。ハイ街のさきはフォックス街、カロライン街、ジョージ街という順序ではなかったかね?」

「そのとおりだよ」水夫は狂乱したごとくに光るジョンの眼をさけるようにして答えた。

この瞬間をさかいとして、ジョンの失なわれた記憶は甦《よみ》がえった。ありし日の生活がまざまざと眼前に展開された。ありし日の生活と、そしてそれの延長であるべきだった生活とが、細かな点にいたるまで、火をもって書かれた文字でも見るがごとくに、判然と展開されてきた。あまりの打撃にわめくこともできなかった。あまりの打撃に泣きだすこともできなかった。彼はただ気の狂った人のように、あてどもなく家のほうへ急いでいった――老いた足の許すかぎり速《はや》く、あたかも今いそげば、過ぎさった五十年の歳月をとりもどしうる機会が残ってでもいるかのように。

よろめき顫《ふる》えながら急いでゆくうちに、眼のまえにぼうと幕がたれこめたような気がしたので、そのまま両手を空《そら》たかくあげて声いっぱいに、「おお、メアリー！　メアリーよ！　おお、失なわれていたわが生活よ！　埋もれた生涯《しょうがい》よ！」と叫んで失神し、舗石《しきいし》のうえに倒れてしまった。

あれだけ感情のあらしを経験し、精神的衝撃をくぐってくれば、多くの人は発狂するところであろうけれども、ジョンの強い意志と実際的な思想とは、このもっとも大切な時期に気力や体力の空費されることを許さなかった。それから数日のうちに、彼は財産の一部を現金にかえてニューヨークにむかって出発し、そこから英国ゆきの最初の汽船にのりこんだ。昼も夜も、夜も昼も、彼はこつこつと後甲板《こうかんぱん》を歩きまわった。彼のそうした行動には、よく困難にたえて働らく船員たちすら驚異の眼をむけるようになり、あんな老人でしかもあんな風にろくろく眠りもしない身で、よく続くことだと不思議がりさえした。だが、彼にとっては失望のあまり気の狂うのを防ぐためには、たえざる運動によって活力を殺し、すべてを疲労によって忘れさせるより他なかったのだ。気みじかに飛びだしてきたこんどの旅行の目的がいずれにあるのか、それすら彼は考えてみないように努めていた。何が目的なのだろう？　メアリーはまだ生きているであろうか？　生きているとしても、よほどの年でなければならぬが、生きている彼女に会うことができ、お互の涙をとけあわすことさえできたなら、彼はそれで満足なのだ。事がらが彼の過失に因するのでなく、二人とも残虐《ざんぎゃく》な運命の犠牲になったのであることを彼女が知ってさえくれるなら！　あの小さな家は彼女自身のものであり、彼女は彼からたよりのあるまでは、あの家で待っていると約束した。ああ、憐《あわ》れな少女《おとめ》よ！　五十年も待つのだとは、彼女も思ってはいなかったのに……

やがてアイルランドの灯火がはるかな左舷《さげん》に見えだし、まもなく後方に消えさった。イングランドの最西南端であるデヴォンシャーのランズエンドは、うす青い霧のように海上はるかに望まれた。船はそのランズエンドを回って、赤禿《あかはげ》の多いデヴォンシャーの南岸をすすみ、ついにプリマス湾に錨《いかり》を投じた。ジョンは急いで駅に駆けつけ、数時間の後には、生れ故郷であり五十年の昔にコルク工員として貧しい暮しをたてていた町へ帰りついた。

けれども、この町は果して五十年まえに彼の出たあの町なのだろうか？　駅やホテルに大きく彫りこまれた名まえを見ながら、彼はそれが同じ町であるのを信じるのに困難を感じたであろう。中央に電車の通じている舗装のりっぱな広い街路は、彼の記憶にある狭いくねくねした通りとは似ても似つかぬものだった。あのころ駅舎の建てられていた場所は、家もなにもない広い畑のなかであったのに、それが今では町の中心地になっている。あらゆる方向に伸展した町々には、ぜいたくな別荘風の住宅などが建ちならんで、ひさびさで帰った身にはまるで耳あたらしい町名や坂の名がつけられている。大きな倉庫があちこちに並んでいるのや、輝やかしい商店がながく連《つら》なっているのをみれば、ブリスポートがたんに地域的にばかりではなく、経済的にも大発展をしていることが知られた。ジョンは昔なつかしいハイ街へときたときに初めて、なるほど故郷へ帰ってきたのだという気がした。そこも変っていることは大いに変っているが、でもまだ昔の面影が多少は漂《ただよ》っていて、二、三の建物は彼の出たときそのままに残っていた。この町にはフェアベアン氏のコルク工場があったのだが、いまはそこはま新らしいホテルになっている。それからここには古びて灰いろのタウンホールがある。その角をまがって気忙《きぜわ》しい足どりで、しかしながら心は沈んで、老いたる漂泊の児《じ》は昔よく知っていたあばら屋めざして歩いていった。

彼らのいた場所を探しあてるには、なんの困難もなかった。少なくとも海だけは昔のままなのだから、海をもとにして見当をつければよいのだ。だが、いまそれがどこにある？　もとの場所には石造の丈高い家が、ひろびろとした正面を海に向けて、堂々と建っているではないか！　彼は悄然《しょうぜん》としてその宮殿のごとき玄関のまえを歩きすぎた。と、絶望のどん底から急にあるものが浮かびあがり、つづいて希望と興奮とに心がおどった。りっぱな家からは少し引っこんで、まるで舞踏室へまぎれこんだ田舎者《いなかもの》のように、木造のポーチのある白ぬりの粗末な家があって、壁に蔓草《つるぐさ》が生いしげっていたからである。眼をこすってもう一度見なおしてみたが、夢でも幻《まぼろし》でもなかった。菱《ひし》がたの枠《わく》をいれたガラス窓、白モスリンのカーテンなどの細かな点にいたるまで、昔彼が見知っていたのと全くおなじ家であった。鳶《とび》いろだった頭髪も白くなり、寂《さび》しい漁村にすぎなかった土地は広大な市街となったが、余裕のないなかにも約束をまもって、「お婆《ばあ》さんの家」だけはいつでもこの身を迎えられるよう、昔ながらに残しておいてくれたのか！

だが、こうしてはるばる自分の古巣へ帰ってきたのに、ジョン・ハックスフォードの心は帰るまえよりも、心配でいっそう重くなり、胸が圧《お》しつけられるようで苦しかった。あまり気持がわるいので、海岸におかれてあるベンチのうち、その家のほうを向いたのに腰をおろした。そのベンチにはすでに一人の老いたる漁夫が、さきほどから休んで黒い素焼きのパイプから煙をたてていたが、青ざめた見なれぬ老人が悲しげに眼を伏せてきたのを見て、言葉をかけた。

「だいぶお疲れのようじゃな。お互にこう年をとると、うっかり歩きすぎても障《さわ》りますでのう」

「ありがとう。だんだんようなります。ときにご老人、りっぱな家が建ちましたが、あそこに一軒だけ小さいのが残っとりますな」

「うん、あれですかい?」と老漁夫は杖《つえ》でとんと地を突きながら、「あれには恐ろしく頑固《がんこ》な婆さんがいますだ、あの家にはな。まるっきり嘘《うそ》のような話だが、あの家の値《ね》の十倍で買いとろうという話まで出たに、あの家を離れるのは嫌《いや》だって、婆さんいっかな承知しねえでがす。離れるが嫌《いや》なら家は家で、土台石までそっくりそのままわきへ運んで、もっと便利な場所へ建てなおしてやったうえ、相当のお礼まで出そうということになったに、ごうつく婆《ばば》あめそれでもうんといわねえでがすよ」

「なぜそんなに強情をはりとおすのかな?」

「そこが面白えところなんですよ、旦那《だんな》。ことの起こりはみんな間違いからだが、あの婆さんの情夫《いろ》ってのが、お前さん、おらがの若え時分に稼《かせ》ぎに出たっきり、いまだに帰ってこねでがすが、あの婆さんの胸づもりじゃ、どうでもいつかは帰ってくるものと思いこんでいるだね。だからあの家がなくなったら、帰ってきても途方にくれるだろうちゅうわけよ。あの野郎《やろう》生きているとすれば、もうお互くらいな年ごろだが、なに、もうとっくの昔にどっかで死んじまったあね。それに、あんな風にして女をふりすててつっ走るような野郎なんか、早く思いきったほうがいいだ」

「ふむ、その男は婆さんを捨てて出たのかい?」

「捨てたのさね。捨ててアメリカへつっ走っただあ。なにしろ出たっきり、たより一つよこさねえだからね。ほんとに惨《むご》たらしいことをする野郎だ。婆さん――といっても昔は若い娘だっただが、それからずっとその野郎にこがれて、待って待って、待ちくらしただからね。五十年も毎日泣きくらせば、目も見えなくなるなあ無理あねえと思いますだ」

「えッ？　目が見えぬッ？　盲目《めくら》になったのか？」ジョンは半ば腰をうかして叫んだ。

「目が見えぬだけじゃねえ、死病にとっつかれているだから、もう永《なが》いことありますめえ。ほれ、見なされ、いまも入口に医者《せんせい》さまのお馬車が待ってるだあ」

この悲しい事実を聞いて、ジョンはばね仕掛《じかけ》のように腰をあげて、彼女の家をさして急いだ。入口までゆくと、なかから出てきた医者とばったり出あった。

「容態はいかがですか、先生？」ふるえる声で尋ねた。

「悪い。たいへん悪い」医者せんせいが勿体《もったい》ぶって答えた。「このまま衰弱をつづけてゆけば危《あぶ》ないですな。だがここでちょっと持ちなおしてくれさえすれば、回復の望みはありますがね」と不可解な言葉をのこしておいて、土煙をあげて馬車を駆《か》りさった。

ジョン・ハックスフォードはどうして名のりこんだものか、名のったために病人を驚かして容態が悪化するようなことはあるまいかと、あれこれ思案にくれながら入口でためらっていた。そこへ黒衣の牧師が大急ぎでやってきた。

「ちょっと伺《うかが》いますが、ご老人、病婦がいるというのはこの家でございますな？」

ジョンはただうなずいてみせた。牧師は入口の戸を半ば閉めのこしたまま中へはいっていった。ジョンは牧師が奥のほうへはいってゆくのを待って、そろりそろりと手まえにある居室《いま》へ入りこんだ。そこは昔彼がいくどか楽しい時間をすごしたところであった。すべてのものが、小さな装飾の末にいたるまで、昔のままであった。なにか壊《こわ》れたり破れたりするごとに、部屋の模様を変えないため、それとまったく同じものをメアリーはそこに補充する習慣だったからだ。そこに立ったなりで不決断にあたりを見まわしていると、奥の部屋で女の声がしたので、ジョンはそっと忍びよって、戸口からなかを覗《のぞ》いてみた。

病人は多くの枕《ピロー》に支えられて、寝椅子《ねいす》のうえに半身を起こしていた。そうしてジョンが戸口から覗いたとき、彼女の顔は真正面にこっちを向いていた。その顔をひと眼みてジョンは、いっそ声をはりあげて泣きだしたいように思った。青ざめて肉こそはおちているけれども、彼があのとき荷揚場で胸に抱きしめたのと同じ、すべすべした、まだどこか子供気の失《う》せぬあの懐《なつ》かしいメアリーの顔をそこに見たからである。彼女のしずかな、変化のない、無私の生活は、彼女の顔面に粗雑さとか、荒れとかの痕跡《こんせき》をも止《とど》めてはいなかった。そうしたものは内面的争闘や、魂の不安の現われであるのだ。処女の暗愁《あんしゅう》がどことなく彼女の表情を清らかに、そしてやさしくしていた。眼の見えぬことは、盲人に特有のあの一種の落ちつきによって補なわれていた。雪白の寝帽のしたから漏れている銀髪、憐れみふかい顔に浮かべた晴れやかなほほ笑み、彼女こそはどことなく気高ささえ加わった老メアリーなのであった。

「この家には誰か人をいれて下さい」ジョンのほうに背なかをみせて腰かけている牧師にむかって、彼女は話していた。「この教区のなかで貧しい、ほんとに選ばれる価値ある人をあなたが選んで下さい。家賃がいらなくてほんとに助かるという人を。そしてあの人が帰ってきたなら、私が最後まで、神さまに召されて致しかたなく旅だつまで、約束どおり待っていたと告げて下さい。そしてここにはもういなくても、つぎの世へくれば昔どおり貞節に、まごころをもって私が待っているのだと伝えて下さい。ここに少しばかりお金があります。ほんの二、三ポンドですけれども、あの人が帰ってきたなら入用《いりよう》もあることでしょうから、渡してあげて下さい。それからこの家にくる人によく話して、あの人は悲しく寂《さび》しいのですから、親切にしてあげてもらって下さい。私が楽しく幸福に暮したと伝えてもらって下さい。私が悲しみもだえたことなど、決していわないで下さい。さもなければあの人がおなじ思いに苦しまなければなりませんから」

ジョンはドアのかげに身をひそめて、すっかり聴いていた。そうして途中で一再ならず、掻《か》きむしるように喉《のど》に手をやったが、話しおわった彼女がみえぬ目ゆえにそれと知るよしもなく、まともに彼のほうへ顔をむけているのを見て、彼女の純潔な長い生涯を思い、こみあげてくる悲しさに身を顫《ふる》わせながら、わっとばかりに声をあげて泣きだした。すると不思議なことには、彼は泣きだしこそしたが一言もまだ口はきかぬのに、メアリーが両腕をさしのべて叫んだのであった。

「おお、ジョン！　私のジョン！　とうとう帰って！」そうして牧師があっけにとられている間に、世にも貞実なるこの二人の恋人はしっかり抱きあって、いまは銀白になった頭をかるく叩《たた》きながら、五十年の寂しさ悲しさも忘れはてるほどの喜びにみちて、静かに泣きいるのであった。

二人の喜びに浸っている時間がどのくらい続いたか、正確に記述することはむずかしい。二人にとってはほんの束《つか》の間にしか感じられなかったし、牧師には非常にながく思えたことであった。あまりながいので牧師が、ひそかに立ちさろうかと思案しかけているとき、メアリーはやっと牧師の存在と、そしてそれにたいする礼儀とに気づいていった。

「私はうれしさでいっぱいです。目が見えませんのは、私がジョンを見てはならぬという神さまの思し召《おぼしめ》しでございます。でも私には、はっきり姿を思いうかべられますから、目で見るのと少しも変りはございません。さ、ジョン、お立ちなさい。この人は棚のんなによくあなたを覚えているか、牧師さまに見ていただきましょう。私がど二段めまで背たけがあって、からだは矢のようにしゃんとしており、顔は渋いろで二つの目が澄み輝やいています。髪の毛は黒といってもよいほど濃く、口ひげもそうです。ことによると今は頬《ほほ》ひげもできているのかもしれません。ね、牧師さま、目はなくても見るのと同じでございましょう」

牧師は黙って彼女の描《えが》くところを聴いていたが、眼前にいるのは腰の曲りかけた白髪の老人であるのだから、笑ってよいのか泣いてよいのか判断もつかなかった。

でも結局それは笑ってよかったことが、後《のち》にいたってわかった。というのは、彼女の病気に何かの自然的転化がきたのか、またはジョンの帰ってきたことが病気を追いはらったのか、いずれともわからぬけれども、その日からメアリーは着々と回復してきて、ついにもとの健康をとり戻したからである。

「カンタベリーの大僧正に結婚許可なぞ願いでるには及びません」ジョンはある日毅《き》然《ぜん》としていった。「そんなことをすればまるで私たちが、教区内の一組の男女が結婚する権利がないかのように、自分たちの行為を恥じているかにみえます」

それで彼の意見にしたがって結婚予告（訳注　日曜ごとに連続三回教会で予告し異議がないか確かめる。ローマン・カトリック派の旧習で、今日では厳守されない）がなされることになり、牧師が三回にわたってジョン・ハックスフォードとメアリー・ホーデンとの結婚を発表したうえで、もとより誰ひとり異議なぞあろうはずもなく、事実出もしなかったので、二人はいよいよ結婚した。

「わしらはそう永《なが》くはこの世に居《お》られぬだろうが、少なくともつぎの世の生活だけは邪魔されずに正当にはじめよう」ジョンはこういっていた。

ジョンのケベックにおける資産は売りはらわれることになったが、それにはハーディの名を署名する必要がある。しかるに自分の名がハックスフォードであることを知ったいま、彼はハーディと署名して果してよいかどうかが、法律的にきわめて興味ある問題として起こってきたが、結局彼が信ずべき証人を二人たてて、個人鑑別をしてもらえばよいということになり、資産は無事売却されて、彼の手に少なからぬ現金をもたらしたのであった。その一部をさいてジョンはブリスポートの郊外に美しい別荘風の家を一軒たてた。メアリーが古い家を去ると聞いたとき、隣地に美しいりっぱな家を建てながら、これがあるために自家の美観を損ぜられ、貴族的な建築の効果の害せられるのを嘆いていたその家の主人は、躍りあがって喜んだ。

一方新築のこぢんまりした家に、夏は芝生に椅子《いす》をもちだし、冬はストーヴの両がわに坐《すわ》りこんで、かの尊敬すべき老夫婦は、まるで二人の子供のように無邪気に、幸福な幾年かを送った。二人をよく識《し》るものは、夫婦のあいだに蟠《わだかま》りの影ひとつ見られぬこと、老いたる二人の胸に燃える愛の熱の、いかなる若き男女のそれにもまして高く、そして清らかなるを称《たた》えぬものはなかった。そしてブリスポート付近の人々で、男でも女でも不景気で難儀している人はこの老夫婦の家へゆきさえすれば、助力も与えられるし、助力よりもいっそう貴い「同情」を受けることもできた。したがってジョンとメアリーとがほんの数時間の差で、一時に永眠《えいみん》に入ったときは、教区内のあらゆる不幸な人、貧しい人、頼りなき人々が哀悼者《あいとうしゃ》の群のなかに見られた。彼らはこの夫婦がいかに勇敢に困難と闘ったかを語りあって、わが身の不幸などそれに比べればいうには足らぬことであるのを教えられ、まごころからの信頼はけっしてこの世ばかりではなく、来世でも裏ぎられぬものであるのを知ったのであった。

解　説

延　原　謙

コナン・ドイルといえばシャーロック・ホームズの作者であることは誰でも知っていようが、この人にはまだほかにも作品のあることを知っている人は少ないようだ。それほどシャーロック・ホームズが有名なのであろうが、作品の量からいったら、ほかの作品のほうが数倍もあろうと思われるほど多く、それぞれドイル流の面白さを備えているのだ。それもそのはず、ドイルは生前、人の質問に答えて、自分は探偵小説家ではなく、歴史小説家であると、はっきりいっているほどである。

それではシャーロック・ホームズもの以外にどんな作品があるのかというと、種類からいってまず三つくらいに分けられると思う。

第一は歴史小説である。これにはナポレオン時代のものもあるけれど、主な作品は十四世紀ごろに取材した長編であるから、いま読んでみると日常の生活感情の点でも今日とは隔たりがあり、何かぴたりと来ないものがあるように思う。

第二は科学小説である。科学小説というものは、科学そのものの進歩と切りはなしては考えられない。たとえばジュール・ヴェルヌ（一八二八―一九〇五）に「八十日間世界一周」という作があるが、少し時代は違うけれども、メーフラワー号がイギリスから初めて大西洋を横断してアメリカへ行くのに（一六二〇）すら六十数日を要したことから考えて、八十日で世界を一周するというのは、それだけで驚異であったにちがいあるまい。しかしジェット飛行機のできた今日からみれば、何らの新味はないといえる。

ドイルの科学小説は長編が三つあり、これは六百ページの大冊にまとめられているが、ヴェルヌの諸作のようなことはなく、今日でも十分楽しめるものである。

つぎに第三の部類としてあげられるのは、主として短編であるが、冒険怪奇、奇談珍話とも名づけるべきものである。これらには左のごとき短編集がある。

Round the Red Lamp, 15
Round the Fire Stories, 11
Captain of Pole Star, 10
Danger, and Other Stories, 9

おもなものは右の四冊であり、題名のあとに記した数字はその短編集におさめられた作品の数である。ところが、ドイルは死の前年の一九二九年に、これらの短編集をばらばらにほぐして、同種類のものを集めて再編集し、全部を千二百ページのオムニブックとして出版した。種類は十種になっている。作品の数は全部で七十六あって、前記数字の合計とくいちがっている。これは雑誌に発表されたが単行本にはなっていなかったものを収録したためであり、二、三のものは自叙伝によって書いたことのわかっているものもあるけれど、全部は訳者にもわかっていない。

ここに訳出したのは、右に述べたオムニブックのうち、ミステリー編と分類された短編七つに、「ポールスター号船長」という短編集にはありながら、オムニブックに加えられていない「五十年後」という短編を訳者が勝手に加えたものである。この短編は大正末期ごろ、訳者が雑誌に紹介して好評を得たもので、捨てるにはおしく、ミステリー編には打ってつけだと思い、今回改訳してさし加えたものであることを了承されたい。

なお、この集のなかの「悪夢の部屋」は、およそドイルの作品らしくないものであり、どの短編集にも見あたらず、いつごろの作であるかも訳者にはわからない。今日のようなフィルム映画（無声）の発明されたのは一八九四年ごろであり、トーキー映画のできたのは一九二七年ごろであることだけ述べて参考に供することにした。

最後に、コナン・ドイルは一八五九年スコットランドのエディンバラに生れ、エディンバラ大学で医師の免許をとり、その後、若くから小説家に転向して多くの作品をものし、一九三〇年安らかに永眠した。

（一九五七年八月）

本作品中には、今日の観点からみると差別的表現ととられかねない箇所が散見しますが、作品自体のもつ文学性ならびに芸術性、また訳者がすでに故人であるという事情に鑑み、原文どおりとしました。

（新潮文庫編集部）

Author : Sir Arthur Conan Doyle

ドイル傑《けつ》作《さく》集《しゅう》（I）

—ミステリー編—

新潮文庫　ト - 3 - 11

昭和三十二年八月三十日　発行
平成十八年十一月二十五日　六十二刷改版
平成二十年三月十五日　六十三刷

訳者　延《のぶ》原《はら》謙《けん》

発行者　佐藤隆信

発行所　株式会社 新潮社

郵便番号　一六二―八七一一
東京都新宿区矢来町七一
電話　編集部（〇三）三二六六―五四四〇
読者係（〇三）三二六六―五一一一
http://www.shinchosha.co.jp

価格はカバーに表示してあります。

乱丁・落丁本は、ご面倒ですが小社読者係宛ご送付ください。送料小社負担にてお取替えいたします。

印刷・錦明印刷株式会社　製本・錦明印刷株式会社

ISBN978-4-10-213411-5 C0197